U0010561

看懂英文
《華爾街日報》
超‧簡‧單

500 Keywords to Understand
the Wall Street Journal

黃偉倫、楊智民◎著
許皓 Wesley ◎審訂

晨星出版

CONTENTS 目　次 _____

審 訂 序

許皓 Wesley

（浩爾口筆譯 ft. 創譯兄弟 FB 粉專版主）

　　常說起：「學習語言文本，開端在於字彙；商英字彙則能讓職場專業更加有智慧。」商業英文，在語言上是另一種進階的職場專業。多年前在業界任教，兩位作者論及此書構想時，個人即深表認同與大力支持。

　　本書最大的優勢在於字彙和語句的認識與五大主題式的學習，從單字構詞的解析和商業時事例句，成功的結合「商業時事」和「英文學習」。如不同於一般徵稅 tax；貿易關稅 tariff 的理解在其中即可清楚看到，以及商學必知的利基（市場）niche 也收錄於其中。讓習慣格物致知的華人學習者，絕對是一大記憶福音，並使語言談吐得以言之有物的利器。

　　非常開心與見證此書的完成與誕生，榮幸做為本書之內容審訂。此書絕對是進入或瞭解世界商場的實用書，內容由淺入深並結合時事，絕對值得讀者一看再看。

推薦序

寶可孟（理財達人）

那些年，我們一起學英文的日子

我跟智民老師是十多年的舊識。莘莘學子時期，我們在同一所高中是同班同學，那時唸英文的方式非常古板－死背死記，非常的折磨。高二後，導師有教我們一套學習英文單字的方式，也就是智民老師極力推廣的「字首字尾學習記憶法」，至此之後，我的英文詞彙理解能力才大大提升，不再那麼辛苦的背誦我根本不懂的文字。

還記得那時候有件事很有趣：mp3 錄音筆才剛問世不久，非常昂貴，我為了能夠重覆背誦與複習上課的內容，也請爸媽讓我買一台，上課時錄下老師教學的內容、回家自己也會錄著自己的發音跟重點整理，每天上學通勤時都會拿出來反覆聆聽。十多年過去了，科技日新月異，現在只要拿起手機掃描書頁下方的 QR Code，就能立即聽到正確的發音與例句，真的很便利。我總想：「若是我十年前就能擁有這樣子的科技，說不定我的英文能力就能再往上提升啊！」

為什麼要繼續學習？

出社會十多年後，感覺上「英文」好像離我好遠好遠，尤其是我身邊的朋友也都步入中年，感覺上使用商用／科技語彙的機率也不高？去年我的好朋友 Jerry 因為公司政策轉變的關係失業，我問他說：「那你接下來打算怎辦？」他不急不徐的跟我說，他想利用休息的這段時間，重新學習英文。這就令我感到好奇：Jerry 是工程師，照理說應該

不太需要用到商用英文，但為何他仍掛心於英語學習呢？

原來他在跟國外顧客應對時，Email 往來一定是英文，畢竟外國人看不懂中文，只能用英文應答；再來許多先進的科技產業消息也都是英文披露，是故他想趁失業的這段時間，好好的重拾對英文的敏銳度。Jerry 這一唸，可真的是充電滿滿，半年後重新開打履歷，立馬就有公司錄取他。

從他身上，我領略到「英文」的聽、說、讀、寫能力，依然是職場上競爭力的保證。

邁向理財部落客，英文知識更不可少

無獨有偶，我開始研究美國股市與投資相關議題，也是一堆商業文字滿天飛：mortgage、budget、Real Estate Investment Trust、Exchange Trade Fund 等等的專業術語，都是必須自己真真切的理解後，才能正確的傳達給自己的粉絲受眾。了解以上的字詞後，當我閱讀起 Vanguard、iShares 簽公司發表的財報，才能夠讀懂裡面的資訊，進而提取有意義的市場訊息分享給大家。

再跟大家分享另一個有趣的經驗，2018 年底，台灣金融產業吹起一股數位化浪潮，各家銀行紛紛搶推新的科技服務，如區塊鏈、中國火紅的線上 P2P 借貸服務、比特幣等等的資訊轟炸而來。我試著跟大家解釋何謂 block chain、Encryption、peer-to-peer lending、Virtual Reality（VR 虛擬實境）、Augmented Reality (AR 擴增實境)……諸多術語，其實你都可以在這本書中找到完整的解釋跟例句。如果偉倫和智民老師在兩年前出這本書，不知道該有多好！絕對可以相當程度的減輕我

準備直播資料時的負擔。

學習是一場終生的耐力賽，永無止盡

　　許多粉絲都會驚訝於寶可孟何以能夠保持如此驚人的產出？我想大概就跟智民老師系出同源吧－我們的血脈裡，流淌著「彰化人」的樸實與堅毅性格，對的事情就勇往直前努力向前衝。智民老師的著作等身，也是我要努力向他學習的地方！

　　儘管生活忙碌，我也不忘持續精進自己，不論是閱讀財經類的書籍跟文獻，或是英文類的學習讀本，都是持續的增加自己在社會上的競爭力。切莫荒廢你的英文能力！與大家共勉之。

推薦序

蘇盈如 Sandy Su（國際獵頭）

　　過去 12 年獵頭與人資工作的經驗裡，我常常收到求職者的求救信，他們常常不知道如何使用關鍵字讓自己的「#關鍵技能」及「#個人品牌」快速的被看見，他們也很困惑要如何能在跨國面試過程中成為對方想要的國際人才。針對這些問題，首先我會提醒大家一定要注意《華爾街日報》、《哈佛商業週刊》、《彭博社》、《路透社》等國際新聞重點刊物。

　　許多積極的求職者為了讓自己的溝通能力更加進步，甚至自費報名英語能力課程，卻始終無法在職場上看到有明顯的改善效果。其實這跟專業術語的使用也有很大的關係，成功使用對的英文專業術語是可以凸顯出一個人的職業專業度。

　　在幫這些求職者做面試準備與建議時，我一定會提醒他們要把國際讀物裡出現的關鍵重點傳達到面試官耳裡。特別是跨國線上面試（video interview），台灣的求職者常常會試圖將所有東西一口氣傳達給對方，這樣反而會導致面試官聽不到重點而錯過有潛力的工作者，這也是我從事相關的工作以來一直覺得很可惜的部分。

　　2019 年我出版一本關於跨國求職的書籍，裡面記錄了如何成為不被淘汰的國際人才。書裡面的不停提到的重點就是如何透過重要的渠道讓自己被國際市場看見、被企業挖角、提高自我競爭力的機會、得到更好的職務。就業市場越來越國際化，想要往更大的領域發展，求職者必須增加閱讀能力，擴大自己的國際視野。

這次偉倫和智民老師整理了一本讀懂華爾街日報的關鍵英文單字，我覺得這是一本職場上面試、撰寫履歷、國際場合交談非常實用的一本書。用對單字能夠讓你在職場上加分外，也會讓人覺得你是個內行人。舉個非常簡單的案例來說，假設今天你要應徵的職務是業務經理，你想要表達自己對市場的專業理解度。當你懂得運用書中提到的詞彙「penetration、niche market」而寫出自己的業績表現為「Successfully penetrate the market, focusing on niche market and client development.」這類的專業術語並附上業績數據，這將會給予閱讀者或交談者一個「He knows what he is talking about.」的好印象。

我常常提醒讀者，一個成功的職涯規劃，不能只仰賴一本書，而是需要透過大量的閱讀，萃取適合自己的精華，幫助自己建立屬於自己的職涯階梯。

透過這樣的一本華爾街葵花寶典，長期學習下，可以讓你更與國際接軌。

推薦序

戴逸群（亡牌教師）

　　認識智民老師多年，十足敬佩他對於英文單字理解的透徹與熱情。他能運用格林法則大施魔法，讓艱難單字瞬間容易讓人理解；他教大家運用字根字首，讓英文學習者能瞬間擴充單字量；他也可以跟你大聊單字的起源，讓枯燥的單字教學變成一個個有趣的故事。

　　這次，玩弄字彙的大師走入商業英文的領域，智民老師將施展他的格林魔法，帶你走進金融曼哈頓的商英世界！

推薦序

盧映孜（翻譯工作者）

萬事起頭難，學英文也不例外，更別說碰上商業財經這麼硬卻又貼近生活的一門學問，財經＋英文簡直讓人退避三舍，至少過去的我是這麼覺得。直到拜讀這本書，才深感如果當初可以早點看到這種系統性的整理與分析，或許就能更快、更有效率地讀懂華爾街日報之類的外國媒體，掌握最新的財經資訊。

這本書以全球經濟趨勢、人工智慧與科技、金融科技與投資理財、電子商務與零售等方向為主題，將單字分成高、中、低頻字，有助於讀者循序漸進學習。每個單字都會提供例句，而且大多與時事有所連結，例如近來引發全球關注的美中貿易戰和英國脫歐等相關字詞會出現在句子當中。

此外，「單字源來如此」會解說字源軌跡，讓人對單字有更進一步的掌握，藉由延伸的字詞聯想來幫助記憶，有種「一字多吃」的滿足感。有些單字還列有「小知識」，讓像我這種財經幼幼班的人增長見聞，足見作者的用心。

就我而言，所謂一本好書，就是不想認真看的時候，即便隨手翻翻也有挖到寶的驚喜；更別說認真地一口氣看完，能夠讓人豁然開朗，收穫滿滿。我想，這本書就是這樣值得收藏的實用書。

書中內容結合生活、時事、知識，讓人對於財經英文不再覺得遙不可及，相信不論是學生或是上班族都可以輕鬆學習，進而提升競爭力。

　　《華爾街日報》（The Wall Street Journal）是當今美國，甚至是全球最具影響力的商業金融報刊，想要了解世界經濟脈動、掌握商業趨勢，必定要讀懂《華爾街日報》的文章。

　　這本書的出版是我們兩位作者在商業、科技業界與英語教學界「跨界合作」的結晶。有感於當今市面上商業英文書籍以多益考試用書為主；財經英文單字書籍往往過於艱深困難，對於大多數僅僅想要跟上商業科技趨勢的讀者，實用性不高。要讀懂商業趨勢英文，直接從自己有興趣的主題下手是最快的方式。

　　我們精心挑選**全球經濟趨勢、人工智慧與科技、金融科技與投資理財、電子商務零售、企業專案管理** 5 大主題，在商業、科技媒體常出現且應該認識的關鍵英文字彙，依單字在《華爾街日報》出現的頻率分為「高頻字」、「中頻字」、「低頻字」，加上單字記憶拆解，利用時事和簡單字聯想記憶困難字，由淺入深地，為讀者提供有效率、且實用的英文單字學習體驗。

　　英文單字累積並非一朝一夕就能達成，要讀懂商業新聞英文，其實不需要「背」單字，只須「理解」單字。單字是文章的基本元素，看不懂單字，看再多文章也是枉然！我們提供商業時事例句、解析單字構詞兩種方法，幫助讀者雙重強化單字記憶力度、提昇學習效率。

　　書中的商業時事例句部份，讓讀者在記憶單字之餘，也能獲得和單字有關的相關商業知識。譬如，提到 distribution（**分配、配銷**）

時，我們介紹了特斯拉的商業模式：特斯拉的配銷模式是獨特的，僅使用自有商店網絡和網際網路（Tesla's distribution model is unique, which only uses its own network of stores as well as the Internet.）。在提到 **duopoly（雙頭壟斷）** 時，我們提到亞馬遜的商業策略：亞馬遜試圖建立運送服務的最後一哩路，以破除優比速和聯邦快遞的雙頭壟斷（Amazon is trying to build a last-mile delivery service to depose UPS and FedEx's duopoly.）。

「單字源來如此」部份，讓讀者精準掌握字義與單字的衍生脈絡。譬如，在專案管理中常用到的 **stakeholder（利害關係人）** 原意是指「賭金保管人」，而 stake 是「賭本」的意思。我們可以聯想到專案中的 stakeholders 其實就像是「賭金保管人」，各自保管組織中一部份利益。另外，講到中美貿易戰時常用到的 **retaliation（報復）** 可藉由 *re-* 表「回去」（back）來記憶，*tali* 則是源自拉丁文「以相同方式強徵金錢」。想要對「單字原來如此」構詞解析更深入認識的讀者，可以參考晨星出版的《格林法則單字記憶法》一書。

最後有人可能提出疑問：《華爾街日報》或其他商業新聞媒體現在都有出中文版了，我何必看英文？我們必須說，文字經過翻譯，無法 100% 傳達作者原意。這也是我們提供單字構詞解析和商業時事例句兩種方法，來幫助讀者精準理解單字的原因。另外，中文的商業金融新聞，因為需要翻譯，往往落後英文新聞 2-3 天的時間，內容也不像英文版這麼豐富。因此唯有理解英文單字字義，才能精準理解英文原文文章、才能在商業金融領域洞察先機。

黃偉倫、楊智民

如何使用本書？

① 依單字在《華爾街日報》出現的頻率，分
為「高頻字」、「中頻字」、「低頻字」

② 單字源來如此：單字記憶拆解技巧，利用
時事和簡單字，聯想記憶困難字

③ 例句中的藍色：代表主題單字或包含該單字的片語，及其中文語意

④ 例句中的灰底：代表另外補充的片語、搭配或相關單字

⑤ 小知識：補充與主題單字相關的商業知識，幫助精準掌握字義與用法

⑥ 搭配圖像聯想記憶，深化學習印象，提昇學習效率

如何收聽音檔？

1

手機收聽

1. 偶數頁（例如第 22 頁）的頁碼旁邊附有 **MP3 QR Code** ◀ - - - - - - -
2. 用 APP 掃描就可立即收聽該跨頁（第 22 頁和第 23 頁）的真人
   朗讀，掃描第 24 頁的 QR 則可收聽第 24 頁和第 25 頁……

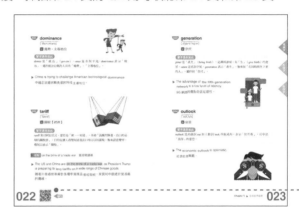

2

電腦收聽、下載

1. 手動輸入網址＋偶數頁頁碼即可收聽該跨頁音檔，按右鍵則可另
   存新檔下載

   http://epaper.morningstar.com.tw/mp3/0170007/audio/**022**.mp3
2. 如想收聽、下載不同跨頁的音檔，請修改網址後面的偶數頁頁碼
   即可，例如：

   http://epaper.morningstar.com.tw/mp3/0170007/audio/**024**.mp3

   http://epaper.morningstar.com.tw/mp3/0170007/audio/**026**.mp3

   依此類推……
3. 建議使用瀏覽器：Google Chrome、Firefox

3

全書音檔大補帖下載（請使用電腦操作）

1. 尋找密碼：請翻到本書第 186 頁，找出第 1 個英文單字。
2. 進入網站：https://reurl.cc/E7DZOg（輸入時請注意大小寫）
3. 填寫表單：依照指示填寫基本資料與下載密碼。E-mail 請務必正
   確填寫，萬一連結失效才能寄發資料給您！
4. 一鍵下載：送出表單後點選連結網址，即可下載。

使用說明

如何訂閱線上數位版《華爾街日報》

1. 使用電腦進入《華爾街日報》網頁版網站：https://www.wsj.com/
2. 進入網站後，若是中文版頁面，請點選「華爾街日報」右邊選項改選英文版
3. 點選首頁右上角的「Subscribe（訂閱）」
   （網頁擷取日期：2020.06.01）

4. 從下方選擇想要購買的方案，再點選「ACT NOW（立即行動）」

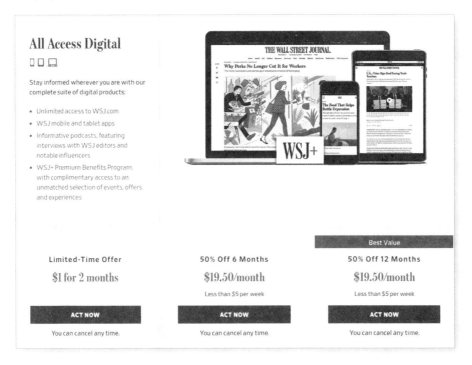

5. 接下來四頁是以英文填寫相關資料

(1) Create Account（建立帳號）

(2) Select Payment Method（選擇付款方式）

(3) Billing Address（信用卡帳單地址）

(4) Payment & Confirmation（信用卡扣款資料與確認）

填寫完資料並按下「PURCHASE（購買）」，就完成訂閱了！

Facebook 臉書社團和粉絲專頁
商業趨勢英文單字
https://www.facebook.com/groups/
976004492576844/

　　首先必須說明，這是一本非典型的商業英文單字書，本書結合了商業趨勢理解和英文單字構詞解析，用時事和簡單字聯想記憶困難字，雙管齊下幫助讀者強化單字記憶力度、提昇學習效率。我們相信單字記憶最快的方式是從自己有興趣的主題下手，因此本書將單字分為**全球經濟趨勢、人工智慧與科技、金融科技與投資理財、電子商務與零售、企業與專案管理五大主題**。閱讀時不必按照順序，可直接翻到你有興趣的主題看。希望大家在記憶單字同時，也能獲得和單字有關的相關商業知識。

　　首先，全球經濟趨勢部份提到如中美貿易戰、5G 網路和全球政經發展的相關新聞中常會用到的英文單字和商業時事例句。例如，「5G 網路的**衝突（collision）**正擴大美中之間的鴻溝」。當中 collision 的 *col-* = *com-* 是「一起」（together）、*lis* 是「撞擊」（strike），collision 表示「撞在一起」，衍生出「衝突」的意思。另外一個例句，「華為的製造流程**符合（aligns with）**中國致力減少對美國技術依賴的精神。」當中 align 的 *al-* = *ad-* 是「去」（to）、*lign* 是「線」（line），align 表示「去排成直線」，引申為「使符合」、「使一致」。

　　第二部份提到人工智慧與科技趨勢新聞中常會用到且應該知道的英文單字和商業時事。例如，「亞馬遜正尋求政府允許使用**無人機隊（a fleet of drones）**運送包裹」。drone 是擬聲字，指「隆隆作響的飛機引擎聲」，後來才產生「無人機」的意思。另一個例子，「人工智慧無法**複製（replicate）**人類的創造力、創新和創業精神」。當中 replicate 的 *re-* 是「回去」（back）、*plic* 是「折」（fold）、*-ate* 是動詞字尾，replicate 即「對折」，對折會產生兩個一模一樣的半面，引申為「複製」。

第三部份提到金融科技與投資理財部份相關新聞中常會用到的英文單字和商業時事例句。例如，「ETF 在費用率方面比共同基金具有**優勢（edge）**」。edge 源自古英文，有「角」（corner）、「劍」（sword）的意思，衍生出「優勢」的意思。另一個例句，「金融科技將為匯款業務帶來競爭，降低**匯款（remittance）**成本」。remittance 的 *re-* 是「返回」（back）、*mit* 是「送」（send），remittance 表示「送回去」，引申為「匯款」。

　　第四部份提到電子商務與零售業中常會用到的英文單字和商業時事例句。例如，「亞馬遜不僅是**物流（logistics）**服務的主要參與者，且是不斷發展的雲端運算供應商」。當中的 logistics 本來是軍事用語，表示「部署、移動、駐紮軍隊的藝術」，商業用法中引申為「物流」、「運籌」。另外，例如「特斯拉計劃關閉**實體店（brick-and-mortar store）**並僅在線上銷售汽車」。當中 brick（磚）和 mortar（灰泥）都是重要建築材料，用來代指「實體（店面）」。

　　最後一部分提到企業與專案管理中常會用到的英文單字和商業時事例句。例如，「科技公司的選擇**標準（criteria）**列出了供應商必須具備的屬性」。當中 criteria 的 *crit* 是「篩選」、「分辨」（distinguish）的意思。criteria 是分辨好壞、挑選事物的「標準」，可用同源字 criticize（批評、評判）來輔助記憶，評判時需要有一套「準則、標準」。另外一個例句，「任務必須在每個**開發衝刺（sprint）**中完成」。spr 子音群有「噴灑」的意思，也有「用全速奔跑」的意思。敏捷式開發中的 sprint 借自英式橄欖球術語，指短距離全力衝刺，逐步累積短期目標，最後才能順利達陣得分。

　　以上只是一小部份精華內容。如果讀者看完本書後有任何想法和意見，不論是關於商業英文或是商業科技趨勢，都歡迎加入臉書社團「商業趨勢英文單字」交流討論。

全球經濟趨勢

001 dominance

[ˋdɑmənəns]

n 優勢、主導地位

單字源來如此

domin 是「統治」（govern）、*-ance* 是名詞字尾，dominance 表示「統治」，處於統治位階的人具有「優勢」、「主導地位」。

▶ China is trying to challenge American technological **dominance**.

中國正試圖挑戰美國的科技主導地位。

002 tariff

[ˋtærɪf]

n 關稅【經濟】

單字源來如此

tariff 來自阿拉伯文，意思是「使……知道」，本指「海關列舉進、出口的品項的關稅表」，目的是讓人清楚知道進出口項目以利課稅，後來語意變窄，僅用以表示「關稅」。

搭配 on the brink of a trade war　貿易戰邊緣

▶ The US and China are on the brink of a trade war, as President Trump is preparing to **levy tariffs on** a wide range of Chinese goods.

隨著川普總統準備對各種中國商品徵收關稅，美國和中國處於貿易戰的邊緣。

MP3

generation

[ˌdʒɛnəˈreʃən]

n 世代

單字源來如此

gener 是「產生」（bring forth），追溯到源頭，有「生」（give birth）的意思、*-ation* 是名詞字尾，generation 表示「產生」，後來指「在同時期生下來的人」，屬於同「世代」。

▶ The advantage of **the fifth generation network** is a low level of latency.
5G 網路的優點是低延遲性。

outlook

[ˈaʊtˌlʊk]

n 前景

單字源來如此

outlook 是由副詞 out 加上動詞 look 所組成的，表示「往外看」，引申出「前景」的意思。

▶ The **economic outlook** is optimistic.
經濟前景樂觀。

高頻字

中頻字

低頻字

005 content

[kən`tɛnt]

n 內容

單字源來如此

con- 是「一起」（together）、*tent* 是「抓、握」（hold），content 表示「抓在一起」（hold together），後來指「包含的內容」（that which is contained）。值得留意的是，contain（包含）和 content（內容）是同源字，可以一起記憶。

▶ Bill Gates, in an essay, "Content is King," indicates that, "**Content** is where I expect much of the real money will be made on the Internet, just as it was in broadcasting."

比爾蓋茲在《內容為王》中指出：「內容是我預期在網路上真的可賺取大部分金錢的地方，就像昔日的廣播業。」

006 blockbuster

[`blɑk͵bʌstɚ]

n 成功、暢銷的產品／電影

單字源來如此

blockbuster 在 1940 年代出現在美國的新聞媒體上，意思是「大型炸彈」，足以炸毀一個「街區」（block），破壞的範圍很大，後來用指電影等產品造成極大的迴響，取得巨大的成功。

▶ The biggest fear for the pharmaceutical company is that its top **blockbuster drug** is going off-patent.

這家製藥公司最擔心的是旗下最暢銷藥物的專利保護即將過期。

MP3

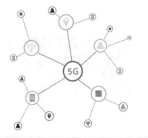

007 trend

[trɛnd]

n 趨勢

單字源來如此

本指河流或道路的拐彎（bend），後來才衍生出「（事情發展的）趨勢」的意思。

▶ The application of 5G network will be a global **trend** for the next few years.

5G 網路的應用將成為未來幾年的全球**趨勢**。

008 collision

[kə`lɪʒən]

n 碰撞；衝突

單字源來如此

col- = *com-* 是「一起」（together）、*lis* 是「撞擊」（strike）、*-ion* 是名詞字尾，collision 表示「撞在一起」，衍生出「衝突」的意思，其動詞是 collide。

搭配 rift between　在……之間的鴻溝

▶ The **collision** of 5G networks is broadening the rift between the U.S. and China.

5G 網路的衝突正擴大美中之間的鴻溝。

高頻字

中頻字

低頻字

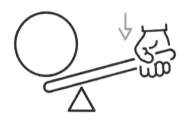

009 **commercial**

[kə`mɝʃəl]

adj 商業的、商用的

單字源來如此

com- 是「一起」（together），*merc* 是「市場」（market），*-ial* 是形容詞字尾，commercial 表示「商業的」、「商用的」。1935 年後產生名詞用法，表示電視或廣播上的「商業廣告」。

▶ Samsung Note 7 cannot be brought on a **commercial airplane**.

三星 Note 7 不能帶到商用飛機上。

010 **leverage**

[`lɛvərɪdʒ]

n 槓桿作用；影響力

單字源來如此

lever 是「槓桿」、*-age* 是名詞字尾，leverage 表示「槓桿作用」，在舊石器時代晚期，古代人就知道使用槓桿原理來製作投槍器；古埃及人在建金字塔時，就使用槓桿來搬運超過 100 英噸的方尖碑。利用槓桿來發揮「影響力」的例子在生活中屢見不鮮，剪刀、獨輪車、掃把等都是槓桿原理的應用。

▶ Deepening economic ties will **give** the West **leverage over** North Korea.

深化經濟關係將使西方對北韓產生影響力。

011 recovery

[rɪˋkʌvərɪ]

n （經濟）復甦

單字源來如此

re- 表「回到」（back），recovery 指經濟逐漸回到原本的狀態。

▶ The IMF argued that the global economy is now showing signs of **recovery**, but long-term structural risks remain.

國際貨幣基金組織認為，全球經濟正出現**復甦**跡象，但仍存在長期結構性風險。

012 recession

[rɪˋsɛʃən]

n 經濟衰退

單字源來如此

re- 是「後面」（back）、cess 是「走」（go），recession 表示「往後走」，在經濟學中，表示「經濟衰退」。

▶ Analysts predict that the economy will be **in recession** by the end of next year.

分析師預測，到了明年年底經濟將陷入衰退。

013 fortune

[ˋfɔrtʃən]

n 鉅款、一大筆錢

單字源來如此

字源學家推測 fortune 中的 *for = fer*，是「帶」（carry）的意思，fortune 表示帶來「好運」、「財富」，衍生出「鉅款」的意思。

▶ Some argue that the Paris Agreement will **cost a fortune**, but do little to reduce global warming.

某些人主張，巴黎協定將**耗資鉅款**，但卻無助於減少全球暖化。

014 endorse

[ɪnˋdɔrs]

v 背書、支持

單字源來如此

en- 是「放到……上」（put on）、*dor* 是「背面」（back），endorse 表示「放在……之後」，後指「在文件的背面簽名，以示同意」，因此有「背書」、「支持」等衍生意思。

▶ President Trump **endorses** a short-term resolution to reopen the government for the next three weeks.

川普總統支持一項短期決議，以便在未來三週重啟政府。

015 **assess**

[əˋsɛs]

v 評估

單字源來如此

as- = *ad-* 是「朝向」（to）、*sess* 是「坐」（sit），assess 表示「朝……坐」，本指「坐在法官旁估算要付多少罰金的助理工作」，衍生出「評估」的意思。

▶ The analyst was hired to **assess** the impact of Salesforce's acquisition of Tableau on the market.

分析師受僱來評估 Salesforce 收購 Tableau 對市場的影響。

016 **deficit**

[ˋdɛfɪsɪt]

n 赤字、逆差【經濟】

單字源來如此

de- 是「往下」（down）、*fic* 是「做」（make），deficit 表示「做了（數量）還往下降」，在經濟學領域衍生出「赤字」、「逆差」的意思。

▶ President Trump imposes new policies aimed at **shrinking** the U.S. **trade deficit** with China.

川普總統實施了目的在於縮小美中貿易逆差的新政策。

017 **compensation**

[ˌkɑmpənˈseʃən]

n 賠償金；補償金【法律】

單字源來如此

com- 是「一起」（together）、*pens* 是「秤重」（weigh）、*-ation* 是名詞字尾，compensation 表示「把兩個東西放天秤左右兩端一起秤重」，希望達成平衡，衍生出「賠償金」的意思。賠償金是賠償損害，讓兩造平衡，以達成和解的目的。

▶ The court awarded him $2 million **in compensation for** injuries suffered at work.

法院判給他 200 萬美元工傷賠償。

018 **offset**

[ˌɔfˈsɛt]

v 彌補；抵銷

單字源來如此

offset 本義是「出發」（act of setting off on a journey），1796 年才有「彌補」、「抵銷」（set off against）的衍生語意產生。

▶ The administration would distribute $2 million to farmers to **offset** the decline in market prices.

政府當局將向農民發放 200 萬美元，以**彌補**市場價格的下跌。

019 **utility**

[ju`tɪlətɪ]

n 公用事業；

（電、煤氣、鐵路等）公共設施

單字源來如此

util 是「使用」（use）、*-ity* 是名詞字尾，utility 表示「實用」（usefulness），15 世紀末產生「有用的事物」（a useful thing）之衍生義，而 public utility（公共設施）這片語更是縮減為 utility，只用 utility 一字便可表達「公共設施」。

▶ The government increases **utility bills** to pay for green energy.

政府增加水電瓦斯費以支付綠色能源。

高頻字

中頻字

低頻字

020 **joint venture**

[dʒɔɪnt `vɛntʃɚ]

n 合資企業【商業】

單字源來如此

venture 為 adventure 的變體，意思是「冒險」，商業上的冒險，通常指「投資」。joint venture 指的是「合資企業」。

搭配 enter into　簽訂；訂立（合約、協議）

▶ The US hotel company entered into **a joint venture with** Alibaba Group to sell its services in the fast-growing Chinese market.

這家美國飯店公司與阿里巴巴集團成立合資公司，以在快速增長的中國市場銷售其服務。

021 sabotage

[`sæbə,taʒ]

v **n** 蓄意破壞（行動）

單字源來如此

sabot 是「木屐」（wooden shoes）、*-age* 是名詞字尾，sabotage 在現代的意思是「故意顛覆、阻撓、擾亂、毀壞、破壞政體或公司的正常運作」。傳說以前法國貧窮的工人是穿木屐，而不是穿皮革做的鞋子，在罷工時期，他們會把木屐丟到運轉的機器裡面，破壞機器、阻撓生產，以示抗議。但這說法並不正確，在法文中，sabotage 的動詞用法本就有「笨拙地做」（bungle）、「執行效率差」等意思，「蓄意破壞」是從這些負面語意衍生出來的。

▶ He claims a former employee **sabotaged** their machinery and equipment.

他聲稱一名前員工破壞了他們的機器和設備。

022 vulnerable

[`vʌlnərəb!]

adj 脆弱的；易受影響的

單字源來如此

vulner 是「傷口」（wound）、*-able* 是形容詞字尾，vulnerable 表示「易受傷的」，衍生意思有「脆弱的」、「易受影響的」等。

▶ A further escalation of trade tensions may cause spillover effects on **vulnerable** emerging markets.

貿易緊張局勢的進一步升級可能會對脆弱的新興市場造成外溢效應。

023 innovation

[ˌɪnəˈveʃən]

n 創新

單字源來如此

in- 是「進入」（into）、*nov* 是「新」（new）、*-ation* 是名詞字尾，
innovation 表示「進入一種新的狀態」，即「創新」。

▶ The report claims tech giants are harming
innovation and limiting consumer choice.

該報告聲稱，科技巨頭正在損害創新並限制
消費者的選擇。

024 real-time

[ˈriəltaɪm]

adj 即時的

單字源來如此

real-time 特指電腦系統「即時處理的」，但也用來描述「即時」新聞、情
報、交通狀況等。

▶ In the age of social media, a
startup team can get **real-time
feedback** during the first preview
of a new product.

在社群媒體時代，新創團隊可以在
新產品首次預展時獲得即時反饋。

025 **lucrative**

['lukrətɪv]

adj 賺錢的;有利可圖的

單字源來如此

lucr 是「獲利」（profit），*-ative* 是形容詞字尾，lucrative 表示「賺錢的」、「有利可圖的」。

▶ Foreign companies are increasingly interested in the potentially **lucrative** market of Myanmar after its political and economic reforms.

緬甸在政治和經濟改革後，外國公司對其潛在利潤豐厚的市場越來越感興趣。

026 **pharmaceutical**

[,fɑrmə`sjutɪk!]

adj 製藥的

單字源來如此

pharmaceutic 是「藥物的」（of drug）、*-al* 是形容詞字尾，pharmaceutical 表示「製藥的」。值得一提的是，美國人用 pharmacy 這一字來指「藥房」，而英國人用的是 chemist 或 chemist's 這兩個字，但 chemist 或 chemist's 通常會兼賣美妝和嬰幼兒用品，這種兼賣美妝和嬰幼兒用品的店在美國叫做 drugstore。

▶ **Pharmaceutical companies** are raising prices on drugs.

製藥公司持續提高藥品價格。

027 curb

[kɝb]

v **n** 控制；約束

單字源來如此

curb 本指「用來套住馬下顎的皮帶」，衍生出「控制」、「約束」的意思。

▶ New policies are designed to **curb** the data accessible to developers.

新政策規劃要限制開發人員可獲得的數據。

028 tension

[`tɛnʃən]

n 緊張關係、緊張局勢

單字源來如此

tens 是「延伸」（stretch）、*-ion* 是名詞字尾，tension 表示「延伸開來的狀態」，延伸會造成拉扯、緊繃，因此有「緊張關係」、「緊張局勢」等衍生語意。

▶ Nvidia tries to navigate political and trade **tensions** between the U.S. and China.

輝達試圖在美中政治與貿易緊張局勢之間找出正確方向。

029 **depreciation**

[dɪ͵priʃɪˋeʃən]

n 貶值

單字源來如此

de- 是「往下」（down）、*preci* 是「價錢」（price）、*-ation* 是名詞字尾，depreciation 表示「價錢往下」，衍生出「貶值」的意思。

▶ The **depreciation** of Turkish lira accelerated over the last few days.

土耳其里拉在過去幾天加速貶值。

030 **depression**

[dɪˋprɛʃən]

n 經濟蕭條、不景氣

單字源來如此

de- 是「往下」（down）、*press* 是「壓」、*-ion* 是名詞字尾，depression 表示「往下壓的狀態」，若用以描述經濟狀況，就是「蕭條」、「不景氣」。

▶ Economists still debate the causes of **the Great Depression**.

經濟學家仍在爭辯經濟大蕭條的原因。

031 patent

[`pætnt]

n 專利、專利權【法律】

單字源來如此

pat 是「打開著的」（open）、*-ent* 是形容詞字尾，patent 表示「沒有折起來、沒有捲起來，而是攤開著（的文件）」，據說以前的正式文件是寫在攤開的「羊皮紙」（parchment）上，到了 1580 年代，patent 才有「保護發明的牌照」這個語意產生。patent 透過詞性轉換，同一個字有多種用法，可當名詞、動詞、形容詞用，相當特別。

▶ The company dropped a **patent infringement** lawsuit in exchange for a promise from a competitor to modify its products.

該公司放棄**專利侵權**訴訟，以換取競爭對手修改產品的承諾。

032 surplus

[`sɝpləs]

n 盈餘；過剩【經濟】

單字源來如此

sur- 是「超過」（over）、*plus* 是「加」，surplus 表示「越加越多，加到超過」，引申為「盈餘」、「過剩」。

▶ Oil prices fell after OPEC's revised estimates of oil **surplus** for the current year.

石油輸出國組織修訂本年度石油過剩預測後，油價應聲下跌。

033 taxpayer

[`tæks,peɚ]

n 納稅人

單字源來如此

tax 是「稅」、*payer* 是「付款人」（person who pays），1816 年才出現 taxpayer 這個字，表示「納稅人」，也可寫為 tax-payer。

▶ Spending **taxpayers' money** on a border wall is an unpopular idea to most Americans.

對多數美國人來說，將納稅人的錢花在邊境圍牆上是一個不受歡迎的想法。

034 niche

[nɪtʃ]

n （產品）商機；利基【商業】

單字源來如此

niche 本義是「貝殼」（seashell），語意延伸產生「隱匿處」（nook）的意思，後來特指「神龕」，其空間雖不大，但洞裡別有乾坤，專供奉聖母瑪利亞。在商業用途上 niche 指「大市場中的縫隙市場，是具有利潤且有專門性的市場」。

▶ The firm has **carved a niche for itself** in the world of investment.

該公司在投資領域為自己創造了商機。

035 **derail**

[dɪ`rel]

v 阻撓、阻礙

單字源來如此

de- 是「離開」（off），*rail* 是「鐵軌」，derail 表示「離開軌道」，即「（火車）出軌」，衍生出「阻撓」、「阻礙」的意思。

▶ The trade war with China could **derail** U.S. growth.

與中國的貿易戰可能會阻礙美國的經濟增長。

036 **revival**

[rɪ`vaɪv!]

n 復甦

單字源來如此

re- 是「再一次」（again）、*viv* 是「活著」（live），*-al* 是名詞字尾，revival 表示「再活一次」（live again），衍生出景氣「復甦」的意思。

▶ The retail sector shows signs of **revival**.

零售業顯示出復甦的跡象。

高頻字

中頻字

低頻字

037 **monopoly**

[mə`nɑplɪ]

n 獨佔;壟斷

mono- 是「單一的」（single）、*poly* 是「賣」（sell），monopoly 表示「獨賣」，具有排他性，只有自己能賣，而別人不能賣，即市場「獨佔」、「壟斷」。

▶ **Monopolies** on railroads and utilities face strict government regulations and penalties.

鐵路和公用事業的獨占機構面臨政府嚴格規範與懲處。

038 **prosperity**

[prɑs`pɛrətɪ]

n 繁榮

pro- 是「根據」（according to）、*sper* 是「希望」（hope）、*-ity* 是名詞字尾，prosperity 表示「根據希望」，衍生出「成功」、「興旺」、「繁榮」等正向語意。

▶ The new government hopes to promote economic **prosperity** through increased investment in infrastructure.

新政府希望透過增加對基礎建設的投資來促進經濟繁榮。

039 **backlash**

[ˋbæk‚læʃ]

n 強烈抵制、強烈反對

> **單字源來如此**

原為機械工程的術語，是二個工件結合時的間隙。按照字面解釋，back 是「後面」、lash 是「重擊」（blow），表示「從後面重擊」，現指「強烈反對」。

▶ The **backlash against** Facebook is already underway after the Cambridge Analytica crisis.

劍橋分析公司危機事件後，便已出現對臉書的強烈抵制。

040 **threshold**

[ˋθrɛʃhold]

n 門檻

> **單字源來如此**

thresh 是「踐踏」（trample），現今意思則是「使（穀物）脫粒」，因為以前脫穀須靠腳踩踏、 *old* 沒什麼特別的意思，和現在表示「捉、握」的 hold 無關，和表示「老的」的 old 也無關，threshold 表示「可以踩踏的地方」，現今意思是「門檻」。在華人的文化中，門檻是不能隨意踩踏的，但從字源角度來看 threshold，在西方文化中似乎沒有這樣的禁忌。

▶ Uber plans to block customers in Australia from using its app if their ratings fall below a certain **threshold**.

如果澳洲客戶的評級低於某個門檻，Uber 打算阻止他們使用 App。

041 levy

[ˈlɛvɪ]　v　n　徵收、徵收額【金融】

單字源來如此

lev 的意思是「提高」、「拿起」（raise），levy 是從老百姓身上拿錢，因此有「徵收」的意思，可以用「電梯」（elevator）這簡單字來聯想，電梯可以將人載到高處，其中的 *lev* 就是「提高」。

▶ A new tax will be **levied on** companies' electricity use.
企業用電將徵收新稅。

▶**片語** impose a levy on　徵收……稅

▶ The government **imposed a 10% levy on** cigarettes.
政府對香菸徵收 **10%** 的稅。

042 retaliation

[rɪ͵tælɪˋeʃən]　n　報復；反擊

單字源來如此

可藉由 *re-* 表「回去」（back）來記憶、*tali* 源自拉丁文，表示「以相同方式強徵金錢」。retaliation 指「人家怎對我，我就怎麼做回去」，指「報復」，有「來而不往非禮也」的意味。

▶**搭配** tit-for-tat　以牙還牙；針鋒相對

▶ The American steel industry is vulnerable to European tariff barriers as tit-for-tat trade **retaliation** will hurt many American steelworkers.
美國鋼鐵業很容易受到歐洲關稅壁壘的影響，因為針鋒相對的貿易報復將傷害許多美國鋼鐵工人。

MP3

043 **shelter**

[ˈʃɛltɚ]

v 躲避；保護；遮蔽

單字源來如此

shelter 和 shield（盾牌）、shell（殼）是同源字，皆有「保護」（protect）的功能。

▶ The Indian government has been considering ways to **shelter** domestic tech firms **from** competition with American companies.

印度政府一直在思考如何讓國內科技公司避開和美國公司的競爭。

044 **intellectual property**

n 智慧財產

單字源來如此

inter- 是「在……之間」（between）、*lect* 是「選擇」（choose）、*-al* 是形容詞字尾，intellectual 表示「在……之間選擇的」，衍生出「智慧的」等正向語意。*proper* 是「自己的」、*-ty* 是名詞字尾，property 表示「自己所擁有之物」，即「財產」。intellectual property 即「智慧財產」。

▶ The senior official criticized China's **theft of intellectual property** from American businesses.

該資深官員批評中國竊取美國企業的智慧財產。

045 consolidate

[kən`salə,det]

v 鞏固;加強

單字源來如此

con- 用以「加強語氣」(intensive)、*solid* 是「堅固的」、*-ate* 是動詞字尾,consolidate 表示「使……堅固」。

▶ The automaker said it would further **consolidate** its alliance with Nissan.

該汽車製造商表示將進一步鞏固與日產汽車的聯盟。

046 deflation

[dɪ`fleʃən]

n 通貨緊縮

單字源來如此

de- 是「離開」(off)、*flat* 是「吹氣」(blow)、*-ion* 是名詞字尾,deflation 表示「將氣體排出去」,在經濟學上指的是「通貨緊縮」,這個字的動詞是 deflate,是模仿 inflate 這個字所造出來的。

▶ While the threat of **deflation** has gone, the risk of the Euro's volatility remains.

雖然通縮的威脅已消失,但歐元波動的風險仍然存在。

Prices

MP3

047 manipulate

[mə`nɪpjə,let]

v 操縱、操弄

單字源來如此

mani- 是「手」（hand）、*pul* 是「填滿」（fill）、*-ate* 是動詞字尾，manipulate 表示「用手抓一把」，後來衍生出「運用影響力來達成自己目標」的意思，因此有「操縱」、「操弄」等語意產生。

▶ Google was fined by the EU for **manipulating** shopping search results.

Google 因操縱購物搜尋結果被歐盟罰款。

048 revamp

[ri`væmp]

v **n** 改善、改進

單字源來如此

可用 *re-* 是「再一次」（again）來記憶「改善」、「改進」，近似於 revise、renovate、repair 等字。

▶ The company is focusing on **revamping its image** to reach a younger market.

該公司正致力於改進形象，以打入年輕市場。

049 unveil

[ʌn`vel]

v 揭幕；推出；公布

單字源來如此

un- 是表示「相反」的字首、*veil* 是「覆蓋」（cover），unveil 是「覆蓋的相反動作」，表示「揭開」，衍生出「公布」、「推出」、「揭幕」等意思。

▶ The ECB (European Central Bank) is set to **unveil** a plan on Monday to calm markets.

歐洲央行將於週一公布計劃來冷卻市場。

050 allege

[ə`lɛdʒ]

v 指控；宣稱

單字源來如此

lege 是「訴訟」（litigation），allege 本指「在法庭上發表正式宣言」，後來產生「指控」、「宣稱」等衍生意思。

▶ Huawei chief financial officer is accused of **alleged violations** of the U.S. sanctions against Iran.

華為財務長涉嫌違反美國對伊朗的制裁。

051 ## subsidy
[ˋsʌbsədɪ]

n 補貼；津貼；補助金

單字源來如此

sub- 是「下面」（under）、*sid-* 是「坐」（sit），subsidy 表示「坐下來」（sit down）、「安頓下來」（settle down），引申為「（讓人生活安頓下來的）補貼」、「津貼」。

▶ The Environmental Protection Act provides millions of dollars **in subsidies** for the electric vehicle industry.

環境保護法為電動車產業提供數百萬美元的補貼。

052 ## metrics
[ˋmɛtrɪks]

n 指標（數字）

單字源來如此

metric 最原始的意思和「測量」（measure）有關，metrics 是測量出來的「數字」，後指「指標（數字）」。

▶ Revenue has climbed more than 50% every quarter since the company began reporting the **metrics** in 2015.

自該公司於 2015 年開始報告該指標以來，每季度收入增長超過 50%。

高頻字　中頻字　低頻字

053 trademark

[`tred,mark]

n 商標【法律】

單字源來如此

trade 是「交易」、*mark* 是「標識」、「記號」，trademark 是交易時，用以識別公司行號、企業的標誌，通常是文字或符號。當你看到「被咬了一口的蘋果」會想到哪個全球著名的品牌呢？提到奧迪，你是不是很快就想到 4 個圈圈的商標圖案了呢？

▶**相關** logo （公司）標誌；patent　專利權；copyright　版權

▶ The tech giant has sued a number of competing startups over **trademark infringement**.

這家科技巨頭控告一些競爭的新創公司商標侵權。

054 invalid

[`ɪnvəlɪd]

adj 無效的、不合法的

單字源來如此

in- 是「不」、「無」（not）、*val-* 是「強有力的」（strong）、*-id* 是形容詞字尾，invalid 表示「缺乏強而有力的」（not strong），後指「無效的」、「不合法的」。

▶ Apple argues that its competitor's **patents are invalid**.

蘋果認為競爭對手的專利無效。

MP3

055 ubiquitous

[juˋbɪkwətəs]

adj 似乎無處不在的；十分普遍的

單字源來如此

ubi- 是「地點」（place）、*qui* 是「任何」（any）、*-ous* 是形容詞字尾，ubiquitous 即「任何地點」，表示「十分普遍」。

▶ 搭配 phase out　逐步淘汰

▶ Apple is planning to phase out the once-**ubiquitous** iPod.

蘋果計劃逐步淘汰曾經十分普遍的 iPod。

056 cutting-edge

adj 尖端的、先進的

單字源來如此

cutting-edge 是「複合形容詞」（compound adjective），cutting 是「切」、edge 是「鋒利的邊緣」，cutting-edge 表示「尖端的」。

▶ Sales of **cutting-edge** smartphones will drop if the economy slows down.

如果經濟放緩，尖端智慧型手機的銷量將會下降。

057 dumping

[`dʌmpɪŋ]

n 傾銷

單字源來如此

dumping 的本義是「傾倒」，經濟學用法指「傾銷」。

小知識 傾銷是指出口廠商以低於本國國內市場正常價格，甚至低於成本價，在外國市場銷售產品，以強奪國外市場。

▶ The U.S. government has opened a probe into alleged Chinese steel **dumping**.

美國政府已對中國鋼鐵涉嫌傾銷一案展開調查。

058 stagnant

[`stæɡnənt]

adj 停滯的

單字源來如此

stagn 本義是「靜水」（standing water）、*-ant* 是形容詞字尾，stagnant 表示「靜水的」，引申為「停滯的」。

▶ While the newspaper's advertising revenue was **stagnant**, its subscription revenue grew last year.

雖然該報的廣告收入停滯不前，但其去年訂閱收入有所成長。

MP3

059 credit crunch

n 信用緊縮

credit 是「信用」、crunch 是擬聲字，意思是「嘎吱作響地咬嚼」，咬東西時嘴巴會有咬合的動作，衍生出「緊縮」的意思。credit crunch 即「信用緊縮」。

▶ Japan experienced a major **credit crunch** in the late 90's.

日本在 90 年代後期經歷了重大信用緊縮危機。

060 cartel

[kar`tɛl]

n 卡特爾

（為控制價格和限制競爭所組成的同業聯盟）

cartel 和 card（厚紙片）互為同源字，cartel 本義是「寫在紙上的挑戰信」，後來語意改變，有「戰時國家之間的協定」、「挑戰者之間的協定」，到後來才產生「同業聯盟」的意思。

▶ Analysts predicted the **cartel** would agree to cut oil production.

分析師預測該卡特爾組織將同意削減石油產量。

061 **crack down**

phr. v 打擊；處罰

單字源來如此

crack 是個擬聲字，表示「突然發出巨響」，也有「裂開」的意思，因為東西裂開時常發出聲響。crack down 這片語有「打擊」、「處罰」之意。

▶ Apple is **cracking down on** gambling apps.
蘋果公司正在打擊博奕 App。

062 **resurgence**

[rɪˋsɝdʒəns]

n 復甦、復興

單字源來如此

re- 是「再一次」（again）、surge 是「上升」（rising）、-ence 是名詞字尾，resurgence 表示「再次上升」，引申為「復甦」、「復興」。

▶ The **resurgence** can be traced to the CEO's vigorous pursuit of cloud computing.
公司的復甦可以追溯到執行長對雲端計算的大力追求。

063 **dismantle**

[dɪs`mænt!]

v 拆卸；移除

單字源來如此

dis- 是「離開」（away）、*mantle* 是「斗篷」（cloak），dismantle 表示「把斗篷移開」，引申為「拆卸」、「移除」。

▶ Facebook has **dismantled** 115 accounts to combat misinformation campaigns.

臉書已經**移除** 115 個帳號來打擊假訊息活動。

064 **devaluation**

[dɪvæljʊ`eʃən]

n 貶值

單字源來如此

de- 是「往下」（down）、*valu* 是「價值」（value）、*-ation* 是名詞字尾，devaluation 表示「價值降低」，引申為「貶值」。

▶ The People's Bank of China governor has pledged not to engage in competitive **devaluation**.

中國人民銀行行長承諾不參與競爭性貨幣**貶值**。

065 underestimate

[ˋʌndɚˋɛstəˏmet]

v 低估

單字源來如此

under- 是「低於」、estimate 是「估計」，underestimate 表示「低估」，而 overestimate 是「高估」。

▶ They may **underestimate** some of the risks the firm faces.

他們可能會低估公司面臨的一些風險。

066 align

[əˋlaɪn]

v 使符合、使一致

ALIGN LEFT

單字源來如此

al- = ad- 是「去」（to）、lign 是「線」（line），align 表示「去排成直線」，引申為「使符合」、「使一致」。

▶ Huawei's manufacturing processes **aligns with** efforts by China to reduce its dependence on U.S. technologies.

華為的製造流程符合中國致力減少對美國技術依賴的精神。

067 jeopardize

[ˋdʒɛpəd͵aɪz]

v 危害、危急

單字源來如此

jeopardy 是「危險」（danger）、*-ize* 是動詞字尾，jeopardize 表示「使……陷入危險」，引申為「危害」、「危及」。Jeopardy 也是源自美國的電視智力競賽節目名稱，中文叫做「危險邊緣」，是受相當受歡迎的節目。

▶ The company's business is **jeopardized** by the trade battle between Washington and Beijing.

該公司的業務受到華盛頓與北京之間貿易戰的**危害**。

068 friction

[ˋfrɪkʃən]

n 摩擦；衝突

單字源來如此

frict 是「摩擦」（rub）、*-ion* 是名詞字尾，friction 表示「摩擦」。

▶ Trade **friction** has threatened the U.S. dollar's position in the global financial system.

貿易**摩擦**已威脅到美元在全球金融體系的地位。

069 complementary

[kɑmpləˋmɛntərɪ]

adj 互補的

單字源來如此

com- 是用以「加強語氣的字首」（intensive prefix）、*ple* 是「填滿」（fill）、*-ment* 是名詞字尾、*-ary* 是形容詞字尾，complementary 表示「填滿的」，引申為「互補的」。

▶ The firm is stepping up its investments in services **complementary** to its business.

該公司正採取行動，投資與其業務互補的服務項目。

070 bypass

[ˋbaɪˌpæs]

v 繞過、避開

單字源來如此

來自於 pass by（經過）這個動詞片語，bypass 引申為「繞過」、「避開」。

▶ Doing the final assembly outside of China will allow companies to **bypass** the new U.S. tariffs.

在中國境外進行最後的組裝將讓公司避開新的美國關稅。

071 protectionism

[prə`tɛkʃənɪˌzəm]

n 保護主義

單字源來如此

pro- 是「（往）前」（before）、*tect* 是「覆蓋」（cover）、*-ion* 是名詞字尾、*-ism* 是名詞字尾，「主義」的意思，*protection* 表示「把前面的東西覆蓋起來」，引申為「保護」。protectionism 即「保護主義」。

▶ Rising trade **protectionism** is threatening global economic development.

不斷上升的貿易保護主義威脅著全球經濟發展。

072 ascent

[ə`sɛnt]

n 上升

單字源來如此

as- = *ad-* 是「往」（to）、*scent* 是「爬」（climb），ascent 表示「往……爬」，引申為「上升」。

▶ The Trump administration is seeking to impede China's continued **ascent** as a global superpower.

川普政府正試圖阻止中國繼續崛起，成為全球超級強權。

073 compel

[kəm`pɛl]

v 強迫；迫使

單字源來如此

com- 是「一起」（together）、*pel* 是「驅使」（drive），compel 表示「一起驅使」，引申為「迫使」。

▶ The latest round of U.S. tariffs are aimed at **compelling** China to abandon unfair trade practices.

最新一輪的美國關稅目的在迫使中國放棄不公平的貿易行為。

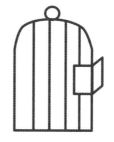

074 leeway

[`li,we]

n 自由活動的空間；餘地

單字源來如此

leeway 本是航海術語，指「船因風偏離航道」，到了 1835 年才有「額外空間」（extra space）的意思，引申為「自由活動的空間」、「餘地」。

▶ Due to the large trade deficit with China, the U.S. **has more leeway to** announce tariffs on various types of products imported from China.

由於對中國貿易逆差很大，美國有更多的空間宣布對從中國進口的各類產品徵收關稅。

MP3

075 magnate

[`mægnet]

n 富豪、大亨

單字源來如此

magn- 是「（偉）大」（great），magnate 表示「偉大的人」，衍生出「富豪」、「大亨」等語意。

▶ Hong Kong **magnate** Li Ka-shing officially stepped down as the leader of his business empire.

香港富豪李嘉誠正式辭去其商業帝國的領導人職務。

076 truce

[trus]

n 休戰、停戰（協定）

單字源來如此

truce 表示「確實、堅固、穩定」（to be firm, solid, steadfast），是 true、trust 的同源字，兩方要休戰，要靠雙方的默契來支撐，說出來的話要可靠，各自約束人馬，才能暫且休兵。

▶ The United States and China **reached a tariff truce for** 90 days.
美國和中國達成關稅停戰 90 天。

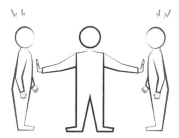

077 impede

[ɪm`pid]

v 阻止、阻礙

單字源來如此

im- = in- 是「裡面」、ped 是「腳」（foot），impede 表示「腳陷在裡面」，表示「阻礙（前進、進步）」。

▶ Investors are worried that new regulations will **impede** the company's growth.
投資者擔心新法規將阻礙該公司的成長。

078 **designate**

[ˈdɛzɪgˌnet]

v 指定；標明

單字源來如此

de- 是「出」（out）、*sign* 是「標示」（mark）、*-ate* 是動詞字尾，designate 表示「標示出來」，引申為「指定」、「標明」。

▶ The Trump administration **designated** China a currency manipulator.
川普政府將中國列為匯率操縱國。

高頻字

中頻字

低頻字

079 **espionage**

[ˈɛspɪənɑʒ]

n 間諜行為；刺探活動

單字源來如此

e- 是後期拉丁文中為了好發音所添加上去的、沒有實際的語意，*spion* 是「從事間諜活動」（spy）、*-age* 是名詞字尾，espionage 表示「間諜活動」。

▶ Huawei said it has never conducted **espionage** on behalf of any government.
華為表示，公司從未代表任何政府進行過間諜活動。

080 indispensable

[ˌɪndɪsˈpɛnsəbḷ]

adj 不可或缺的；必需的

單字源來如此

dispensable 等同 weigh out，表示「掛出去秤重」，引申為「藉由秤重來分配」。*in-* 表示「不」（not）、「相反」（opposite）、*dispensable* 是「可以分配出去的，自己不需要留著」，引申為「非必要的」，indispensable 表示「必需的」（不可分配出去的）。

▶ This **indispensable** app for business travelers is available offline.

這個商務旅行者不可或缺的 App 可以離線使用。

081 exacerbate

[ɪgˈzæsɚˌbet]

v 使加劇；使惡化

單字源來如此

ex- 是用以「加強語氣」（thoroughly）的字首、*acerb* 是「鋒利的」（fill）、*-ate* 是動詞字尾，exacerbate 表示「使……變得鋒利」，引申為「使加劇」、「使惡化」。

▶ Samsung's decline was **exacerbated** by a global recall of Galaxy Note 7.

全球召回 Galaxy Note 7 事件加劇了三星的跌勢。

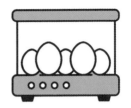

082 incubator

[ˈɪŋkjəˌbetə]

n 孵化器、育成中心

單字源來如此

in- 是「在……之上」（on）、*cub* 是「躺」（lie）、*-ate* 是動詞字尾、*-or* 是名詞字尾，「做出……者」的意思，incubator 表示「躺在……上面的人或物」，衍生出「坐在上面孵蛋者」之意，引申為「孵化器」、「育成中心」。

▶ Google launched a **startup incubator** for entrepreneurial talents.

Google 為創業人才推出了一個新創公司育成中心。

083 rebate

[ˈribet]

n **v** 部分退款

單字源來如此

re- 是「重複地」（repeatedly）、*bat* 是「打擊」（beat），rebate 表示「重複打擊」，引申為「減少」，1957 年之後才有「退稅」的意思。

▶ He may be entitled to a **tax rebate**.

他可能有權利獲得退稅。

▶ The government **rebates** overpayments to taxpayers.

政府向納稅人退還多付的款項。

084 sort out

phr. v 整理;解決

單字源來如此

sort out 指「按類別整理」,引申出「解決」的意思。

▶ Tech companies are taking their time to **sort out** the security problems.

科技公司正在花時間解決安全問題。

085 bread-and-butter

n 謀生之道

adj 基本的、重要的

單字源來如此

bread 是「麵包」、butter 是「奶油」,都是基本民生所需的食材,bread-and-butter 引申為「基本的」、「重要的」。

▶ As the company's **bread-and-butter** businesses drop, it is looking for new revenue sources.

該公司的主要業務下滑,因此正在尋找新的收入來源。

086 infringe

[ɪnˈfrɪndʒ]

v 侵犯;違反【法律】

單字源來如此

in- 是「裡面」、*fringe* 是「打破」(break),infringe 表示「打破裡面的東西」,引申為「侵犯」、「違反」。

▶ Oracle alleged Google's Android **infringed** copyrights related to Oracle's Java platform.

甲骨文宣稱 Google 的安卓系統侵犯了甲骨文 Java 平台相關的版權。

087 redress

[rɪˈdrɛs]

v **n** 矯正;補償

單字源來如此

re- 是「再一次」(again)、*dress* 是「穿」,redress 的字面意思是「再穿一套」,本義是「更換衣著」,從「更換衣著」的語意衍生出「矯正」的意思。

▶ This reform was intended to **redress** the balance between traditional companies and lightly regulated tech startups.

這項改革目的在矯正傳統公司和監管寬鬆的科技新創公司之間的平衡。

▶ Airline passengers are seeking **redress** for their lost luggage.

航空公司乘客正為遺失行李尋求賠償。

088 embezzlement

[ɪm`bɛz!mənt]

n 侵吞；挪用（錢款）【法律】

單字源來如此

可用 em- 這個字首來輔助記憶，em- 是「裡面」（in），embezzle 是把公款放入自己口袋「裡面」，引申為「挪用（錢款）」。embezzlement 是「挪用（錢款）」的名詞。

搭配 be accused of 遭指控……

▶ The financial minister was accused of embezzlement of public funds.

財政部長被指控挪用公款。

089 cash cow

n 搖錢樹、現金牛

單字源來如此

cash cow 是持續獲利的生意、服務、產品，可用以資助公司的其他投資或事業。該公司的產品持續獲利，帶來大筆現金，就像一頭牛持續生產牛奶一樣。

▶ For the next 15 years, Windows should continue to be Microsoft's cash cow.

在接下來的 15 年，Windows 應持續作為微軟的搖錢樹。

090 supplant

[sə`plænt]

v 替代、取代

單字源來如此

sup- = *sub-* 是「在⋯⋯下面」、*plant* 本義是「腳底」（sole of the foot），
supplant 表示「腳底下」，衍生出「絆倒」的意思，1670 年代有「取代」的
意思產生。

▶ Some argue that China uses predatory tactics to acquire technologies with aims to **supplant** U.S. technological supremacy.

一些人認為，中國採用掠奪性策略來獲取技術，目的在取代美國科技霸權。

091 stagflation

[stæg`fleʃən]

n 停滯型通貨膨脹

單字源來如此

stagflation 是由英國保守黨政治家 Iain Macleod 在 1965 年所造出來的一個混
成詞，stagflation 是由 *stag（nation）*＋*（in）flation* 所組成的，表示「停滯
型通貨膨脹」。

 小知識 ▷ **停滯型通貨膨脹**指經濟停滯（產出下降及高失業率）與物價上揚並存的現象。

▶ Most of the stores have been driven out of business by **stagflation**.

大部份店家因停滯型通貨膨脹而被迫關閉。

092 **affluence**

[ˋæflʊəns]

n 富裕

單字源來如此

af- = ad- 是「往……」（to）、flu 是「流」（flow）、-ence 是名詞字尾，affluence 表示「往……流」（flow to），因為量多才會流出來，引申為「富裕」。

▶ Energy demand will keep climbing due to population growth and increasing **affluence** in poorer countries.

由於人口增長和貧窮國家日益**富裕**，能源需求將持續攀升。

093 **barter**

[ˋbɑrtɚ]

n **v** 以物易物

單字源來如此

源自古法語 barater，表示「以物易物、欺騙、討價還價」，現代英文中只剩「以物易物」一個意思。

▶ Due to the U.S. sanctions, Iran resumes a **barter** system with oil buyers taking goods as payment.

由於美國的制裁，伊朗恢復**以物易物**制度，讓石油買家將貨品當作付款。

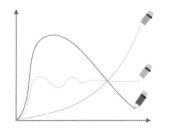

094 exponential

[ɛkspoˋnɛnʃəl]

adj 指數的、越來越快的

單字源來如此

ex- 是「向前」（forth）、*pon* 是「放」（put）、*-ent* 是名詞字尾、*-ial* 是形容詞字尾，exponential 表示「向前放的」，引申為「指數的」、「越來越快的」，因為指數作為冪運算的上標可以使數字增加。

▶ Increasing global demand for energy has spawned **exponential growth** in the oil industry.

全球能源需求的增加催生了石油產業的指數增長。

095 disburse

[dɪsˋbɝs]

v 撥款；支付

單字源來如此

dis- 是「離開」、*burs* 是「囊、錢包」（purse），disburse 即「從錢包拿出錢」，引申為「撥款」、「支付」。

▶ The European Union has agreed to **disburse** the bailout funds to Greece in the coming weeks.

歐盟已同意在未來幾週內向希臘支付紓困資金。

096 reconfigure

[ˌrikənˈfɪgjə]

v 重新配置；重新設定

re- 是「再一次」（again）、*con-* 是「共同」（together）、*fig* 是「塑形」（shape），reconfigure 表示「再次共同改變形體」，後指「重新設定」。

▶ **搭配** upstream / midstream / downstream manufacturer
上游、中游、下游製造商

▶ Downstream manufacturers cannot easily **reconfigure** global supply chains.

下游製造商無法輕易重新配置全球供應鏈。

097 destitute

[ˈdɛstəˌtjut]

adj 貧困的、一貧如洗的

de- 是「向另一方向」（away）、*stitu* 本義是「站」（stand），後來有「放」（put）的意思，destitute 表示「放到另外一邊的」，衍生出「廢棄的」的意思，1530 年代更產生「貧困的」的語意。

▶ With the exception of a privileged elite, almost everyone was **left destitute** during the war.

除了特權精英外，幾乎每個人在戰爭期間都處於貧困狀態。

098 indigent
[ˈɪndədʒənt]

adj 十分貧窮的

單字源來如此

in- 是「內」、dig 是「缺乏」（lack）、-ent 是形容詞字尾，indigent 字面意思是「內部缺乏的」。可用往內挖（dig），最後挖到空，因而變得「貧窮」來做聯想。

▶ The nonprofit organization provides free legal services to **the indigent**.

該非營利組織為**貧困人口**提供免費法律服務。

099 grey market
n 灰色市場、水貨市場、平行輸入市場

單字源來如此

gray market 指的是「透過未經商標擁有者授權，而銷售該品牌商品的市場渠道」，即「灰色市場」、「水貨市場」、「平行輸入市場」。

▶**相關** black market 黑市（銷贓的市場）
green market 綠市（專門銷售回收、二手物品的交易市場）

▶ The **grey market** bypasses the brand owner to produce illegal profits, hurting law enforcement and tax collections.

灰色市場繞過品牌所有者以產生非法利潤，損害執法和稅收。

100 rig the market

phr. v 操縱市場

單字源來如此

rig 本是航海術語，後來表示「操縱」。

▶ The regulation can prevent people with inside information from **rigging the market**.

該法規能預防擁有內線消息的人操縱市場。

MP3

人工智慧與科技

101 insight
[ˈɪnˌsaɪt]

n 洞察、見解

單字源來如此

in- 是「內」、*sight* 是「視力」，insight 指的是「內心（的一雙眼睛），可洞察事情的特質」，引申為「見解」。

▶ Tech companies can gain crucial **insights** by analyzing biometric measures.

科技公司可透過分析生物識別測量結果獲得重要的洞察。

102 software
[ˈsɔftˌwɛr]

n 軟體

單字源來如此

soft 是「軟的」、*ware* 是「貨物」（goods），software 本指「羊毛、棉花等編織品」。1960 年時，參考 hardware 一字，造出 software 這個字來指「（電腦）軟體」。

▶ Steve was appointed as the CEO of an enterprise **software** company in December.

史帝夫於 12 月獲任命為企業軟體公司的執行長。

MP3

103 **tag**

[tæg]

ⓥ 標記

tag 本指「一塊懸掛著的小布條」，有字源學家推測和 tail（尾巴）同源。社群網站上使用 tag，表示「標記」的意思。

▶ Data operators manually **tagged** objects in videos to train the software's image recognition capability via supervised learning.

資料操作員手動標記影片中的物體，以透過監督式學習來訓練軟體的圖像識別能力。

機器學習中的「監督式學習」，是演算法透過**有標記**答案的資料進行訓練學習。相較之下，非監督式學習則是提供**無標記**的資料，演算法要試著自行從資料中找出特徵和模式。

104 **alternative**

[ɔl`tɝnətɪv]

adj 可替代的；兩者（或若干中）擇一的

altern = alter 是「其他的」（other）、*-ate* 是動詞字尾、*-ive* 是形容詞字尾，alternative 表示「其他的」，引申為「可替代的」。

▶ Machine learning offers an **alternative** way to program computers.

機器學習提供了**另一種**為電腦編程的方法。

105 AI (Artificial Intelligence)

n 人工智慧

art 是「藝術品」、*fic* = *fact* 是「做」（make）、*-ial* 是形容詞字尾，artificial 表示「做藝術品的」，因此有「人工的」、「非自然的」等衍生語意產生。*intel-* = *inter-* 是「在……之間」、*lig* 是「選擇」（choose）、*-ence* 是名詞字尾，intelligence 表示「在……之間選擇的能力」，衍生出「智慧」等語意。Artificial Intelligence 表示「人工智慧」。

▶ **AI** will make it easier to solve complex tasks.

人工智慧可以更輕鬆地解決複雜的任務。

106 distribution

[ˌdɪstrəˈbjuʃən]

n 分配、配銷

dis- 是「分別地」（individually）、*tribut* 是「分派」（assign）、*-ion* 是名詞字尾，distribution 表示「各別分配」，在商業用法上指的是「配銷」。

▶ Tesla's **distribution** model is unique, which only uses its own network of stores as well as the Internet.

特斯拉的配銷模式是獨特的，僅使用自有商店網絡和網際網路。

pace
[pes]

n 步調、節奏

單字源來如此

pace 是「步調」，和 pass（經過）是同源字。

搭配 call on 呼籲

▶ The think tank called on the U.S. government to **keep pace with** the latest AI developments.

智庫呼籲美國政府跟上最新人工智慧發展的步伐。

108 virtual reality (VR)

n 虛擬實境

單字源來如此

virtue 本義是「男子氣概」（manliness），後指「美德」，可能和男尊女卑有關，*-al* 是形容詞字尾，virtual 也指「實質上的」，到了 1959 年語意改變，才有「虛擬的」的意思。virtual relaity 即「虛擬實境」。

▶ At CES 2019, HTC Vive unveiled its new **VR** headsets with eye-tracking technology.

2019 年消費電子展上，HTC Vive 推出採用眼動追蹤技術的全新**虛擬實境**頭盔。

109 gadget

[ˋgædʒɪt]

n 小裝置

單字源來如此

gadget 本是船員間的行話，指「船隻所缺乏的小機械零件」，後來語意變寬，指「小裝置」。

▶ Bill bought a lightweight external battery for charging **gadgets** on the go.

比爾買了一個輕巧的外接電源，可隨時隨地為小裝置充電。

110 feature

[fitʃɚ]

n 功能、特色

單字源來如此

feature 源自於古法文，表示「做」，衍生出「功能」、「特色」等意思。

▶ Engineers are working on new **features** for the app.

工程師正在為 App 開發新功能。

MP3

111 chip

[tʃɪp]

n 電腦晶片

單字源來如此

chip 本指「木頭小碎片」、「石頭小碎片」，後指「電腦晶片」。

▶ Nvidia unveiled computing **chips** aimed at powering artificial-intelligence applications.

輝達發表了為人工智慧應用提供動力的計算晶片。

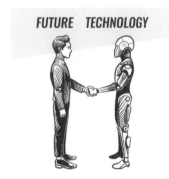

112 substantial

[səbˋstænʃəl]

adj 大量的、重大的

單字源來如此

sub- 是「在……之下」、*sta* 是「站」（stand）、*-ance* 是名詞字尾，substance 表示「站在……之下」，引申為構成事物的「物質」。substantial 是其形容詞，表示「重大的」、「基本上的」。

▶ Over the last decade, there have been **substantial** technical advances in AI.

在過去的十年中，人工智慧已經取得重大的技術進步。

 113　affordable

[ə`fɔrdəb!]

adj 負擔得起的、買得起的

單字源來如此

afford 是「負擔」、*-able* 是形容詞字尾，affordable 表示「負擔得起的」、「買得起的」。

▶ Tesla may create more demand for self-driving cars if it puts the **affordable** Model 3 into production.

特斯拉如果將經濟實惠的 Model 3 投入生產，可能會產生更多自駕車需求。

 114　announce

[ə`naʊns]

v 發表、宣布

單字源來如此

an- = *ad-* 是「朝……」（to）、*nounce* 是「報導」（report），announce 表示「帶來……新聞、報導」，引申為「發表」、「宣布」。

▶ Google **announced** that it won't sell any facial recognition product until the security concerns are addressed.

Google 宣布，在解決安全疑慮之前，公司不會銷售任何臉部識別產品。

 MP3

115 utility

[juˋtɪlətɪ]

n 實用

單字源來如此

util 是「使用」（use）、*-ity* 是名詞字尾，utility 表示「實用」（usefulness）。

▶ It's only available in Korean, so tourists won't find much **utility** from this site.

這網站只提供韓語版本，因此觀光客不會覺得很實用。

116 aircraft

[ˋɛr͵kræft]

n 飛機、飛行器（複數也是 aircraft）

單字源來如此

air 是「空中」，*craft* 是「飛行器」，aircraft 表示「飛機」、「飛行器」。

▶ After **unmanned aircraft / drones** cause the closure of Gatwick, the U.K. government is considering tightening the law.

無人機導致倫敦蓋特威克機場關閉後，英國政府正考慮加強法規。

117 scenario

[sɪ`nɛrɪ‚o]

n （未來可能發生的）場景、情況

單字源來如此

scenario 和 scene 是同源字，本義是「戲劇的其中一場」或「舞臺布景」，1960 年時 scenario 用以表示「假想核戰」，更衍生出「假想情況」的語意，之後又引申為「（未來可能發生的）場景、情況」等意思。

▶ In the **worst-case scenario**, AI is "potentially more dangerous than nukes," Tesla CEO Elon Musk warned.

特斯拉執行長馬斯克警告，在最糟糕的情況下，人工智慧「可能比核子武器更危險」。

118 application

[‚æplə`keʃən]

n 應用

單字源來如此

ap- = *ad-* 是「朝……」（to）、*plic* 是「對折」（fold）、*-ation* 是名詞字尾，application 表示「朝……對折」，隱含「把某物附著在另外一物上」的意思，引申為「應用」。

▶ This book discusses different **applications** of deep learning, from self-driving cars to stock trading.

本書討論深度學習的各種應用，範圍從自駕車到股票交易皆有。

119 bolster
[`bolstə]

v 加強、改善

單字源來如此

bolster 和 ball 同源，核心語意都是「膨脹」（swell），充滿氣的球是膨脹之物，可用「膨脹」來輔助聯想 bolster 的語意──「加強」、「改善」。

▶ President Trump signed an order to **bolster** research and development of AI.

川普總統簽署了一項命令，以加強人工智慧的研究和開發。

120 conventional
[kən`vɛnʃən!]

adj 傳統的；依照慣例的

單字源來如此

con- 是「一起」（together）、*vent* 是「來」（come）、*-ion* 是名詞字尾，convention 表示「大家一起來」（come together），引申出「會議」、「慣例」的意思。conventional 是其形容詞，表示「傳統的」、「依照慣例的」。

▶ The **conventional** wisdom is that self-driving technology will first arrive at scale in the trucking industry.

傳統觀點認為，自動駕駛技術將首先在卡車運輸行業中大規模應用。

121 manufacturer

[ˌmænjəˋfæktʃərɚ]

n 製造商

單字源來如此

manu 是「手」（hand）、*fact* 是「做」（make）、*-ure* 是名詞字尾，manufacture 表示「手工製作」（a making by hand），機器未發明之前，大多仰賴手工製作，後來語意轉變，有「（通常指工廠利用機械大量）製造」、「（大批）生產」的意思。manufacturer 即「製造商」。

▶ Chip **manufacturers** are racing to develop AI products.

晶片製造商正在競相開發人工智慧產品。

122 efficiency

[ɪˋfɪʃənsɪ]

n 效率

單字源來如此

ef- = *ex-* 是「出來」（out）、*fic* = *fact* 是「做」（do, make），*-iency* 是名詞字尾，efficiency 表示「做出來」，衍生出「有效率」的意思。

▶ While new technologies can increase **efficiency**, it may lead to reduction in jobs.

雖然新技術可提高效率，但可能會導致就業機會減少。

MP3

123 **transform**

[træns`fɔrm]

ⓥ 轉變、變革

單字源來如此

trans- 是「跨越」（across）、*form* 是「形體」（form），transform 表示「形體改變」，引申為「變革」。

▶ Self-driving technology will **transform** the automotive industry.

自動駕駛技術將改變汽車產業。

高頻字

中頻字

低頻字

124 **franchise**

[`fræn,tʃaɪz]

ⓝ ⓥ 特許經銷（權）

單字源來如此

franchise 的本義是「自由」（freedom），隱含「自由買賣」的意思，引申出「特許經銷（權）」。

▶ Tesla operates its own stores, rather than use **franchised** dealers.

特斯拉營運自己的商店，而不是利用特許經銷商。

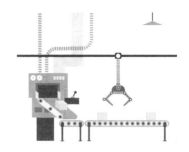

125 assembly

[ə`sɛmblɪ]

n 組裝；裝配

單字源來如此

as- = ad- 是「往⋯⋯」（to）、sembl 是「相像」（like），assemble 表示「使⋯⋯相像」，衍生出「組裝」的意思，名詞「assembly」。可以用生產線（assembly line）上每個人都各司其職，做相同的事，最後組裝出產品來做聯想。

▶ Robots on the **assembly line** are making Tesla Model 3 sedans.
裝配線上的機器人正在生產特斯拉 Model 3 轎車。

126 component

[kəm`ponənt]

n 零件、組件【生產】

單字源來如此

com- 是「一起」（together）、pon 是「放」（put）、-ent 是名詞字尾，component 表示「（可放在一起組成產品的）零件、組件」。

▶ The company is a leading manufacturer of electronic **components**.
該公司是電子元件的領先製造商。

MP3

127 expertise

[ˌɛkspɚ`tiz]

n 專業知識

單字源來如此

ex- 是「外面」（out）、*pert* 是「試驗」（try），expert 表示「試驗出來」，引申為「專家」。專家是經過試驗、嘗試，才得以發展出自己的知識體系或專業，expert 和 experiment（實驗）、experience（經驗）都是同源字，expertise 是「專業知識」。

▶ The process of machine learning involves not only large amounts of data, but also people with substantial **expertise** in software development.

機器學習過程不僅包含大量數據，也涉及在軟體開發方面具有豐富專業知識的人員。

128 expansive

[ɪk`spænsɪv]

adj 廣泛的、廣闊的

單字源來如此

ex- 是「外面」（out）、*pans* 是「擴散」（spread）、*-ive* 是形容詞字尾，expansive 表示「往外擴散的」（spread out），引申為「廣泛的」、「廣闊的」。

▶ To train the fastest algorithm, you need the most **expansive** dataset and latest technologies.

你需要最**廣泛**的資料集和最新技術來訓練出最快的演算法。

高頻字

中頻字

低頻字

129 engineer

[ˌɛndʒəˈnɪr]

n 工程師

單字源來如此

engine 本是軍事用語，現代有「引擎」的意思、*-eer* 是表示「人」的名詞字尾。engineer 表示「橋梁、道路設計者」，在 1606 年始見於記錄。

▶ Over 20% of Google software **engineer** job postings sought machine-learning skills.

超過 20% 的 Google 軟體工程師招聘職位徵求機器學習技能。

130 aviation

[ˌevɪˈeʃən]

n 航空

單字源來如此

avi 是「鳥」（bird），鳥有「飛行」的能力、*-ation* 是名詞字尾，aviation 表示「飛行」，引申為「航空」。

▶ Drones will impact the **aviation industry**.

無人機將衝擊航空業。

131 compelling

[kəmˈpɛlɪŋ]

adj 令人信服的；引人入勝的

單字源來如此

com- 是「一起」（together）、*pel* 是「驅使」（drive），*compel* 表示「一起驅使」，引申為「強迫」。compelling 有「令人信服的」、「引人入勝的」等引申意思。

▶ A new study offers **compelling evidence** that smelling lavender can reduce anxiety.

一項新研究提供了令人信服的證據，證明聞薰衣草可以減少焦慮。

▶ The VR game is really entertaining and **compelling**.

這款 VR 遊戲真的很有趣且引人入勝。

132 semiconductor

[ˌsɛmɪkənˈdʌktə]

n 半導體

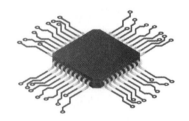

單字源來如此

con- 是「一起」（together）、*duct* 是「引導」（lead）、-or 是「做出……動作者」，*conductor* 表示「將……引導在一起者」，引申為「導體」。*semi-* 是「半」（half），semiconductor 指的是「半導體」。

▶ TSMC is the world's largest **semiconductor** foundry company.

台積電是全球最大的半導體代工公司。

133 **predecessor**

[ˋprɛdɪ͵sɛsɚ]

n 原有的事物、前代產品

pre- 是「前面」（before）、*de-* 是「離開」（away）、*cess* 是「走」（go）、*-or* 是「做出……動作者」，predecessor 表示「走在前面，先離開的人」，引申為「祖先」。

▶ The new VR headset is designed to be more comfortable than its **predecessors**.

新款 VR 頭盔的設計比其前代產品更舒適。

134 **flagship**

[ˋflæg͵ʃɪp]

n 旗艦（產品）

本來指的是「（司令官所在的）戰船」，有別於其他戰船，該戰船會升起旗幟。後來用來指涉店家或產品，若該店面位居領導性地位，就叫做「旗艦店」，若該商品屬於領導性位階，就叫做「旗艦產品」。

▶ Apple has raised prices on its **flagship** iPhones to offset slower growth in sales.

蘋果已提高旗艦 iPhone 的價格，以抵銷銷售放緩的影響。

135 surveillance

[sə`veləns]

n 監控、監視

單字源來如此

sur- 是「在……之上」（over）、*veil* 是「看」（watch）、*-ance* 是名詞字尾，surveillance 表示「在上面……看」，引申為「監控」、「監視」。

▶ Facial-recognition systems are the core of the **surveillance** network.
臉部識別系統是監控網絡的核心。

136 perception

[pə`sɛpʃən]

n 認知；感知

單字源來如此

per- 是「徹底地」（thoroughly）、*cept* 是「抓到」（take）、*-ion* 是名詞字尾，perception 本義是「徹底抓到」，後來指「用盡心思去捕捉」，引此有「感知」、「認知」等衍生意思。

▶ Artificial intelligence contains a series of technologies that mimic human thinking, **perception**, and communication.
人工智慧包含一系列模仿人類思維、感知及溝通的科技。

137 **bias**

[`baɪəs]

n 偏見

單字源來如此

bias 本義是「對角線」、「斜剖面線」（diagonal line），引申為「偏見」。

▶ Algorithms behind AI often inherit the creator's **biases**.

人工智慧背後的演算法經常承襲創作者的偏見。

138 **savvy**

[`sævɪ]

n 精通⋯⋯知識的

單字源來如此

savvy 是西印度群島上的洋涇浜語，字源學家推測來自法語 savez（-vous），表示「你知道嗎？」（Do you know?）或者來自西班牙語 sabe（usted），表示「你知道」（you know），核心語意跟「知道」有關，引申為「精通⋯⋯知識的」。

▶ Many MacBook users are tech-**savvy** young adults.

許多蘋果 MacBook 使用者是精通科技的年輕人。

MP3

139 toggle

[`tɑg!]

v（點擊）切換

單字源來如此

tog 是 tug（拖、拉），toggle 是 tog 的重複型形式，1979 年才產生電腦用法，表示「（點擊）切換」。

▶ Elizabeth **toggles** between apps to chat, shop, and surf the web.

伊莉莎白在 App 之間**切換**聊天、購物和瀏覽網頁。

140 confidential

[ˌkɑnfə`dɛnʃəl]

adj 機密的、保密的

單字源來如此

con- 是「用以加強語氣的字首」、*fid* 是「信任」（trust）、*-ence* 是名詞字尾，confidence 表示「相信」。confidential 是由 confidence 加 ial 來的，表示「機密的」，因為機密的事項只能託付給值得「信任」的人。

▶ Personal data and **confidential information** will be protected under the law.

個人資料和**機密**訊息將受到法律保護。

141 **equipped**

[ɪˈkwɪpt]

adj 有配備的

單字源來如此

equip 源自古北歐語，ship（船）是其同源字，以前的意思是「將船進行裝備」。equipped 表示「有裝備的」。

▶ The robot **is equipped with** sensors so it won't bump into any shelves.

機器人配有感測器，所以不會撞到任何架子。

142 **laptop**

[ˈlæptɑp]

n 筆記型電腦

單字源來如此

laptop 字面上意思是「膝上型」，後指可隨身攜帶的「筆記型電腦」，laptop 是模擬 desktop（桌面）所創出來的一個字。

▶ I use this mobile phone more often than my office **laptop**.

比起辦公室筆電，我較常使用這支手機。

MP3

143 computing

[kəm`pjutɪŋ]

n 計算、運算；訊息處理技術

單字源來如此

com- 是「一起」（together）、put 是「計算」（reckon）、-ing 是動名詞字尾，computing 表示「一起計算」，引申為「運算」。

▶ **Cloud computing** is an important growth engine for Amazon and Microsoft.

雲端運算是亞馬遜和微軟的重要成長引擎。

144 accessible

[æk`sɛsəb!]

adj 可到達的；可使用的

單字源來如此

ac- = ad- 是「往……」（to）、cess 是「走」（go）、-ible 是形容詞字尾，accessible 表示「往……走的」，引申為「可到達的」、「可使用的」。

▶ Open government data are free of cost and **accessible** to everyone.

開放政府數據是免費且每個人都可以使用的。

145 **procedure**
[prə`sidʒə]

n 過程、程序

單字源來如此

pro- 是「往前」（forward）、*ced* 是「走」（go）、*-ure* 是名詞字尾，procedure 表示「往前走」，引申為「過程」、「程序」。

▶ The installation **procedure** for this game is buggy, with many failed installs and error codes.

這個遊戲的安裝過程是有問題的，出現許多安裝失敗和錯誤代碼。

146 **collaboration**
[kə,læbə`reʃən]

n 合作；協作

單字源來如此

col- = *com-* 是「一起」（together）、*labor* 是「工作」（work）、*-ation* 是名詞字尾，collaboration 表示「一起工作」，引申為「合作」。

▶ Experts predict there will be more **collaboration** between humans and robots.

專家預測，人類和機器人之間將會有更多的合作。

147 **outsourcing**

[`aʊt,sɔrsɪŋ]

n 外包

單字源來如此

outsource（外包）是為了減少開支，把工作外包給供應者或生產者等其他公司。

▶ **Outsourcing** allows tech companies to rapidly expand their services into new markets.

外包使科技公司能夠迅速將服務擴展到新市場。

148 **explicitly**

[ɪk`splɪsɪtlɪ]

adv 明確地、清楚地

單字源來如此

ex- 是「外面」（out）、*plic* 是「折」（fold），explicit 表示「往外折的」，引申為「明確的」、「清楚的」。explicitly 為其副詞。

▶ While conventional software development requires solutions **explicitly** expressed in computer code by developers, solutions can be found automatically with AI technology.

傳統的軟體開發需要開發人員在電腦編碼中**明確**表達出解決方法，但利用人工智慧技術可自動找到解決方法。

149 showcase

[`ʃo,kes]

n **v** 展示（……的優點）【行銷】

單字源來如此

showcase 在 1983 年，原指「展示貴重物品的玻璃陳列櫃」，到了 1937 年有
「展示……的優點」的動詞用法產生。

▶ It's an opportunity for the company to **showcase** the state of the
industry of consumer robotics in the CES (Consumer Electronics
Show).

這是公司在消費性電子展中，展示消費性機器人產業現狀的機會。

150 drone

[dron]

n 無人機

單字源來如此

drone 是擬聲字，尤指「隆隆作響的飛機引擎聲」，到了 1946 年才產生「無
人機」的意思。

▶ Amazon is seeking government permission to use **a fleet of drones**
to deliver packages.

亞馬遜正尋求政府允許使用無人機隊運送包裹。

MP3

151 autonomous

[ɔ`tɑnəməs]

adj 自主的、自動的

單字源來如此

auto- 是「自己的」（self）、*nom* 是「法律」（law）、*-ous* 是形容字尾，autonomous 表示「（擁有）自己的法律」，即「自治的」，引申為「自主的」、「自動的」。

▶ Major automakers are shifting to electric vehicles and exploring **autonomous** technology.

主要汽車製造商正轉向電動汽車市場和探索自動化技術。

152 rollout

[`rol,aʊt]

n 首次提供產品或服務

單字源來如此

片語動詞 roll out 字面上的意思是「滾出來」，引申為「推出（新產品、服務等）」。rollout 為其名詞形式。

▶ Australia is barring Huawei from its fifth-generation wireless **rollout**.

澳州禁止華為推出 5G 無線服務。

153 baseline

[`beslaɪn]

n 基準（線）

單字源來如此

base 是「基底」、*line* 是「線」，baseline 表示「基準（線）」。

▶ This watch can monitor users' heart rate, building a **baseline** for each user.

這隻手錶可以監控使用者的心率，為每個使用者建立評估基準。

154 verify

[`vɛrə,faɪ]

v 驗證、證實

單字源來如此

ver 是「真的」（true）、*-ify* 是「使成為」（make），verify 表示「使……成真」，引申為「驗證」、「證實」。

▶ Engineers are **verifying** the product for the upcoming launch.

工程師正為即將推出的產品進行驗證。

155 **vulnerability**

[ˌvʌlnərəˈbɪlətɪ]

n 漏洞；脆弱性

單字源來如此

vulner 是「傷口」（wound）、*-able* 是形容詞字尾、*-ity* 是名詞字尾，vulnerability 表示「傷口」，引申為「漏洞」、「脆弱性」。

▶ Cybersecurity **vulnerabilities** are ranked as the top concern among AI experts.

網路安全漏洞被列為人工智慧專家最擔心的問題。

高頻字

中頻字

低頻字

156 **assemble**

[əˈsɛmbl̩]

v 組裝

單字源來如此

as- = ad- 是「往……」（to）、*sembl* 是「相像」（like），assemble 表示「使……相像」，衍生出「組裝」的意思。

▶ These laptops are **assembled** in Taiwan.

這些筆記型電腦是在台灣組裝的。

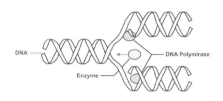

157 replicate

[ˋrɛplɪˌket]

v 再造；複製【IT& 生物】

單字源來如此

re- 是「回去」（back）、*plic* 是「折」（fold）、*-ate* 是動詞字尾，replicate 即「對折」，對折會產生兩個一模一樣的半面，引申為「複製」。

補充 replicate 和 duplicate 是近義詞。replicate（正式）源自拉丁文，指 to reproduce，強調複製的「過程」；duplicate 源自拉丁文，指 to double（make a copy of something），強調複製的「結果」兩者完全相同。另要注意，duplicate 在商業用法上，有時隱含「重複、不必要的」的意思，如：The report merely duplicates earlier findings。

▶ Artificial intelligence is not able to **replicate** human creativity, innovation, and entrepreneurship.

人工智慧無法複製人類的創造力、創新和創業精神。

158 disparate

[ˋdɪspərɪt]

adj 截然不同的

單字源來如此

dis- 是「分開」（apart）、*par* 是「準備」（prepare）、*-ate* 是形容詞字尾，disparate 表示「準備分開的」，分開會產生差異，引申為「截然不同的」。

▶ The application connects databases, making it easy to extract insights from **disparate** data sources.

應用程式連接資料庫，以便輕鬆地從不同的資料源中提取見解。

159 appliance

[ə`plaɪəns]

n 裝置、設備

單字源來如此

appliance 是 apply（應用）的名詞形式，表示「（應用在生活中的）裝置、設施」。

▶ This app lets you easily control your connected **home appliances** via Amazon Echo.

此 App 可讓你透過 Amazon Echo 輕鬆控制已連接的家用電器。

160 modify

[`mɑdə,faɪ]

v 調整、修改

單字源來如此

mod 是「採取合適的措施」（take appropriate measures）、*-ify* 是是動詞字尾，modify 表示「使採取合適的措施」，引申為「調整」、「修改」。

▶ The team **modifies** industrial robotics hardware to be more powerful and precise.

該團隊將工業機器人的硬體修改得更強大且更精確。

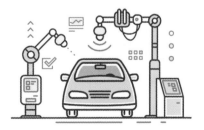

161 cyberspace

[ˋsaɪbə‚spes]

n 網路空間

單字源來如此

cyber- 是「和……網路相關的」、*space* 是「空間」，cyberspace 表示「網路空間」。

▶ China is tightening its regulation of **cyberspace**.

中國正加強對網路空間的監管。

162 prototype

[ˋprotə‚taɪp]

n 原型、雛型

單字源來如此

proto- 是「第一」（first）、*type* 是「類型」，prototype 表示「第一種類型」，引申為「原型」、「雛形」。

▶ Google's **prototype** for self-driving cars has no steering wheel.

Google 自動駕駛汽車的原型沒有方向盤。

MP3

163 cluster

[ˈklʌstɚ]

v 聚集

單字源來如此

很多 cl 開頭的單字都有「聚集」的意思，例如：club（社團）、cloud（雲）、clan（宗族），cluster 也不例外，表示「聚集」。

▶ Facebook's private groups encouraged like-minded people to **cluster** together.

臉書的私人社團鼓勵志同道合的人聚集在一起

164 envision

[ɪnˈvɪʒən]

v 設想；預計

_en-_ 是動詞字首，是「使……」（make）、_vis_ 是「看」（see）、_-ion_ 是名詞字尾，envision 表示「使……看到」，語意轉抽象，指「在心中預見某些景象」，引申為「設想」、「預計」。

▶ Elon Musk **envisions** Model 3 as Tesla's first mass-market vehicle.

馬斯克將 Model 3 設想為特斯拉的第一款大眾市場車型。

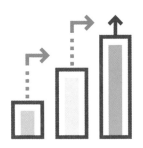

165 advancement

[əd`vænsmənt]

n 發展；改善

單字源來如此

adv- = *ab-* 是「從⋯⋯」（from）、*ance* 是「前面」（before）、*-ment* 是名詞字尾，advancement 表示「出自前方」，在法文中有「往前移動」（move forward）的意思，引申為「發展」、「改善」。

▶ **Advancement** in industries such as robotics, self-driving cars and artificial intelligence is a core focus of *Made in China 2025*.

機器人、自動駕駛汽車和人工智慧等行業的**發展**是《中國製造 2025》的核心焦點。

166 harness

[`hɑrnɪs]

v 利用；控制

單字源來如此

harness 是「控制戰馬的輓具」，當動詞用時，有「利用」、「控制」的意思。

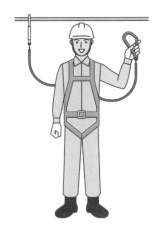

▶ Businesses increasingly look to **harness the power of** AI to improve their products.

企業越來越希望能利用人工智慧的力量來改善他們的產品。

MP3

167 algorithm

[ˋælgəˌrɪðm]

n 演算法【IT】

單字源來如此

algorithm 源自波斯數學家 al-Khwarizmi 的名字。

▶ Google has altered its search **algorithm** to favor mobile-friendly websites.

Google 已改變搜尋演算法,以利於適合行動裝置的網站。

168 ransom

[ˋrænsəm]

n 贖金

單字源來如此

源自古法文,表示「取回」(take back)、「買回」(buy back),因此有「贖金」的衍生意思。

▶ Visiting a phishing website could have your computer locked down and an online **ransom** demanded.

造訪網路釣魚網站可能會使你的電腦被鎖定並要求線上贖金。

169 circumvent

[ˌsɝkəm`vɛnt]

v 規避；繞過

單字源來如此

circum- 是「周圍」（around）、*vent* 是「來」（come），circumvent 表示「從周圍過來」，引申為「規避」、「繞過」。

▶ He **circumvented** the firewall through VPNs (virtual private networks).

他透過虛擬私人網路繞過防火牆。

170 simulation

[ˌsɪmjə`leʃən]

n 模擬

單字源來如此

simul 是「相似的」（similar）、*-ation* 是名詞字尾，simulation 表示「相似」，引申為「模擬」。

▶ The computer **simulation** produced a report that showed your KPIs.

電腦模擬生成了一個顯示你 KPI 的報告。

 MP3

171 **augment**

[ɔgˈmɛnt]

v 提高；強化

單字源來如此

aug 是「增加」（increase），augment 表示「提高」、「增強」。

▶ The tech company works with banks to **augment** their systems with AI.

該科技公司與銀行合作，透過人工智慧**強化**他們的系統。

172 **automate**

[ˈɔtəˌmet]

v 使自動化

單字源來如此

auto- 是「自己的」（self）、*mate* 是「思考」（thinking），automate 本義是「自己思考」，後指「依自己的思想來行動」，因此有「使自動化」的意思。

▶ Garment makers are going to **automate** the knitting process as wages get higher in developing countries.

由於開發中國家工資提高，服裝製造商將讓衣物編織過程**自動化**。

173 intercept

[ˌɪntəˈsɛpt]

v 攔截

單字源來如此

inter- 是「從……之中」（between）、*cept* 是「抓取」（take），intercept 表示「從中抓取」，引申為「攔截」。

▶ Hackers can easily **intercept** your phone calls and text messages.

駭客可以輕鬆攔截你的電話和簡訊。

174 scour

[skaʊr]

v 仔細搜索

單字源來如此

scour 有「擦淨」、「刷掉」的意思，也有「仔細搜索」的意思，但兩者字源不同，後面的語意可能受 excursion（遠足）的影響所產生。

▶ Utilities are looking to long-distance drones to **scour** thousands of miles of power grids for damage and leaks.

公用事業公司正尋求利用遠程無人機，仔細搜尋數千英里的電網損壞和漏電處。

foundry

[ˋfaʊndrɪ]

n 鑄造廠、晶圓代工（廠）

> **單字源來如此**

found 是「倒」（pour），引申出「（用熔化的金屬等）澆鑄，鑄造」的意思，foundry 是「鑄造廠」、「晶圓代工（廠）」。

▶ The company's **foundry** business is engaged in the manufacturing of cryptocurrency mining chips.

該公司的代工業務正投入加密貨幣採礦晶片的製造。

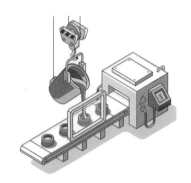

proficient

[prəˋfɪʃənt]

adj 精通的、熟練的

> **單字源來如此**

pro- 是「往前」（forward）、*fic = fact* 是「做」（do）、*-ient* 是形容詞字尾，proficient 表示「往前做的」，引申為「精通的」、「精熟的」。

▶ This robot **is proficient in** both Japanese and English.

這個機器人精通日語和英語。

高頻字

中頻字

低頻字

177 malware

[ˋmæl͵wɛr]

n 惡意軟體

電腦術語，*mal-* 是「壞的」、「惡的」（bad）、*ware* 來自 software（軟體），malware 表示「惡意軟體」。

▶ The company is developing an application that can identify **malware**.

該公司正在開發一種可識別惡意軟體的應用程式。

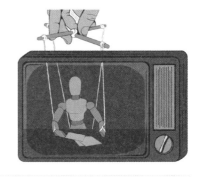

178 disinformation

[dɪs͵ɪnfəˋmeʃən]

n 假消息

dis- 是「分開」（apart）、「不」（not）、*information* 是「資訊」、「消息」，disinformation 表示「（散播出來的）假消息」。

▶ The political organization spreads **disinformation** on social media.

該政治組織在社群媒體上傳播假消息。

179 **end user**

n 終端使用者

> **單字源來如此**
>
> end user 是指「必須藉助電腦解決其特定業務的使用者」，像是使用電子試算表、文書處理等軟體的人，這些人對電腦不熟悉，但又需要藉助電腦解決其業務。

▶ Engineers try to deliver the best product for the **end user**.

工程師們試著為終端使用者提供最好的產品。

180 data wrangling

n 數據整理

單字源來如此

data wrangling 可分為三個程序：數據收集（Gather）、數據評估（Assess）、數據清理（Clean）。

▶ **Data wrangling** is the process of cleaning and transforming complex data to tidy datasets for analysis.

數據整理是清理複雜數據並轉換為乾淨資料集以分析的過程。

181 granular

[ˋɡrænjələ]

adj 由顆粒狀組成的、包含小細節的

單字源來如此

granule 是「顆粒」、*-ar* 是形容詞字尾，granular 表示「顆粒的」，引申為「包含小細節的」。

▶ Scholars expressed concern about Google's ability to track the **granular details of people's everyday lives**.

學者對 Google 追蹤人們日常生活細節的能力表示擔憂。

MP3

182 **biometric**

[ˌbaɪəˈmɛtrɪk]

adj 生物特徵辨識的；生物測定的

單字源來如此

bio- 是「生物」（life）、*metr* 是「測量」（measure）、*-ic* 是形容詞字尾，biometric 即「生物測定的」。

▶ Though banks roll out **biometric authentication**, like fingerprint and facial recognition, many customers do not trust the new technologies.

雖然銀行推出生物識別身份驗證，如指紋及臉部辨識，但許多客戶並不信任新科技。

183 **calibrate**

[ˈkæləˌbret]

v 校正；校準

單字源來如此

caliber 是「口徑」、*-ate* 是動詞字尾，calibrate 本義是決定「口徑」（caliber）大小，後引申指「校準」。

▶ Drone flyaways could happen if users don't **calibrate** the compass.

如果用戶不校正指南針，無人機可能會飛走失聯。

184 **at scale**

phr. adv 大規模

單字源來如此

scale 指「規模」，尤指「大規模」。at scale 表示「大規模」。

▶ Their organization plans to deploy AI applications **at scale**.

他們的組織計劃**大規模**部署人工智慧的應用。

185 **supersede**

[ˌsupɚˋsid]

v 替代、取代

單字源來如此

super- 是「在……上面」（over）、*sed* 是「坐」（sit），supersede 即「坐在……上面」，引申為「取代」。

▶ The Internet of Things (IoT) is complementary to, rather than **superseding**, cloud computing.

物聯網和雲端運算是互補的，而不是要**取代**雲端運算。

186 curate

[ˈkjʊrɪt]

v 策展；編輯策劃

單字源來如此

cur 是「負責」（in charge of）、*-ate* 是動詞字尾，curate 即「負責……」，引申為「策展」、「編輯策劃」。

▶ The top news on the app is **curated** by editors and personalized for you.

App 上的熱門新聞是由編輯者**策劃**並為你量身定制。

187 semantic

[səˈmæntɪk]

adj 語義的

單字源來如此

sema 是「象徵」（token），1883 年時 Michel Bréal 首次將 semantic 應用於心理語言學領域，衍生出「語義的」的意思。

▶ The new technology aims at using machine learning to build a **semantic** meaning of foreign languages.

新技術目的在利用機器學習來建構外語的語義。

188 visualization

[,vɪʒʊəlɪˋzeʃən]

n 視覺化、可視化

單字源來如此

vis 是「看」（see）、*-al* 是形容詞字尾、*-ize* 是動詞字尾，表示「……化」的意思、*-ation* 是名詞字尾，visualization 即「視覺化」。

▶ Data **visualization** transforms complex information into actionable insights.

資料視覺化將複雜訊息轉化為可操作的見解。

189 latency

[ˋletnsɪ]

n （網路）延遲

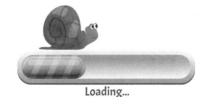

單字源來如此

lat 是「秘密」（secret）、*-ency* 是名詞字尾，latency 表示「秘密」，語意幾經轉變，產生了「延遲」的意思。

▶ One of the benefits of 5G is to reduce **perceptible latency** when you watch videos.

5G 的一個好處是在觀看影片時減少明顯的延遲。

190 **propagate**

[ˋprɑpəˌget]

v 傳播；宣傳

單字源來如此

pro- 是「往前」（pro- = forth）、*pag* 是「綁住」（fasten）、*-ate* 是動詞字尾，propagate 本義是「綁住往前拉」，衍生出「繁衍」、「擴散」、「傳播」等意思。

▶ The technology developers are committed to online platforms to **propagate** their studies and solutions.

技術開發人員致力在線上平台**宣傳**他們的研究和解決方案。

191 **exponent**

[ɪkˋsponənt]

n （某想法或信仰的）擁護者、提倡者

單字源來如此

ex- 是「往前」（forward）、*pon* 是「放」（put）、*-ent* 是名詞字尾，表示「人」的意思，exponent 即「把……往前放的人」，引申為「擁護者」、「提倡者」。

▶ Google is the leading **exponent** of autonomous driving.

Google 是自動駕駛的主要**擁護者**。

高頻字

中頻字

低頻字

192 ergonomics

[ˌɝgəˋnɑmɪks]

n 人體工學

單字源來如此

ergo- 是「工作」（work）、*nomics* 源自 economics（經濟學），ergonomics 是「研究工作效率的學問」，衍生出「人體工學」的意思。

▶ This mobile phone is a solid option if **ergonomics** are important to you.

如果人體工學對你很重要，這款手機是一個不錯的選擇。

193 electrocardiogram

[ɪˌlɛktroˋkɑrdɪəˌgræm]

n 心電圖

單字源來如此

electro- 是「電」（electricity）、*cardio* 是「心」（heart）、*-gram* 是「畫」（drawing），electrocardiogram 即「心電圖」。

▶ Apple announced its unique **electrocardiogram** feature for the Apple Watch.

蘋果公司發表 Apple Watch 的獨特心電圖功能。

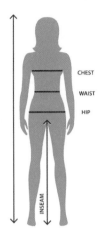

194 **parameter**

[pəˈræmətə]

n 參數；決定因素

單字源來如此

para- 是「在……旁邊」（beside）、*meter* 是「測量」（measure），parameter 即「在……旁邊測量」，後來產生「參數」、「決定因素」等意思。

▶ Algorithms do their jobs according to **parameters** defined by data scientists.

演算法根據資料科學家定義的參數完成工作。

195 **adware**

[ˈædˌwɛr]

n 廣告軟體

單字源來如此

ad 是「廣告」（advertisement）、*ware* 源自「軟體」（software），adware 即「廣告軟體」。

▶ The laptop company stopped pre-installing **adware** that annoy users.

筆電公司停止預先安裝會惹惱用戶的廣告軟體。

196 chatbot

[ˋtʃæt,bɑt]

n 聊天機器人

單字源來如此

ChatterBot 一詞是由 Michael Mauldin 於 1994 年所創造出來的，chatbot 是「模擬人類對話，經由對話或文字進行交談的電腦程式」，即「聊天機器人」。

▶ The coming **chatbots** will be deployed in the enterprise for B2B applications.

即將上市的聊天機器人將部署在企業中用於 B2B 應用。

197 neural networks

n 類神經網絡

單字源來如此

neuro- 是「神經」（nerve）、*-al* 是形容詞字尾，neural 即「神經的」。neural networks 是「類神經網絡」。

▶ (Artificial) **neural networks** are computer systems modeled after the web of neurons in the human brain.

類神經網絡是以人類大腦中的神經元網絡為模型的電腦系統。

198 **inroad**

[`ɪn,rod]

n 取得進展

單字源來如此

in- 是「裡面」、*road* 是「騎」（ride），*inroad* 表示「騎到……裡面」，引申為「取得進展」。

▶ Tesla has **made significant inroads into** changing driving behaviors.

特斯拉在改變駕駛行為方面**取得了重大進展**。

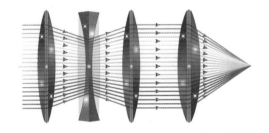

199 **varifocal**

[,vɛrɪ`fok!]

adj 變焦的

單字源來如此

vari 是「改變」（change）、*foc* 是「焦點」（focus）、*-al* 是形容詞字尾，varifocal 即「變焦的」。

▶ The Oculus VR headset prototype contains the **varifocal** display feature that provides a more immersive experience.

Oculus 虛擬實境頭盔原型包含了**變焦**顯示功能，提供更加身臨其境的體驗。

▼

金融科技與投資理財

yield

[jild]

n 收益；產出

單字源來如此

yield 表示「生產」（produce）的意思，生產會帶來「收益」。

▶ **Yields** on technology shares were high last year.

去年科技股的收益很高。

 **mansion**

[`mænʃən]

n 大廈、豪宅

單字源來如此

man 是「停留」（stay, remain）、*-sion* 是名詞字尾，mansion 本指「停留之所」，後來語意限縮，衍生出「大廈」、「豪宅」的意思。

▶ Mr. Bezos owns several properties, including a **mansion** in Washington D.C.

貝佐斯先生擁有幾處房地產，包括華盛頓特區的一座豪宅。

202 **startup**

[`start,ʌp]

n 新創公司

單字源來如此

startup 顧名思義是才剛開始起步的「新創公司」。

▶ An alignment of different forces is spurring the ascendancy of fintech **startups**.

一系列力量正促進金融科技新創公司的優勢地位。

203 **debt**

[dɛt]

n 借款;債務【金融】

單字源來如此

de- 是「離開」（away），*bt* 是「有」（have 的變體），debt 本義是「離開……擁有的（狀態）……」，因此有「積欠」的概念，又引申出「借款」、「債務」等意思。

▶ Eurozone bond investors have grown increasingly concerned about some European governments' ability to pay their **debts**.

歐元區債券投資者越來越擔心某些歐洲政府的償債能力。

edge

[εdʒ]

n 優勢

edge 源自古英文，有「角」（corner）、「劍」（sword）的意思，衍生出「優勢」的意思。

▶ In general, ETFs **have the edge over** mutual funds when it comes to expense ratio.

一般來說，ETF 在費用率方面比共同基金具有優勢。

205 **revenue**

[`rεvə,nju]

n （公司）收益；（政府）稅收【金融】

單字源來如此

re- 是「回到」（back）、*ven* 是「來」（come），revenue 字面上的意思是「回來」（come back），對公司、企業來說，「收益」就是投資之後回到公司、企業的收入。

▶ **相關** income　收入；profitability　收益性、獲利能力

▶ In recent years, the music-streaming company has struggled to seek subscribers to **boost revenues** while keeping costs under control.

近年來，音樂串流公司一直努力尋求訂閱用戶來增加收入，同時控管成本。

  MP3

206 **competition**

[,kɑmpə`tɪʃən]

n 競爭

com- 是「一起」（together），*pet* 是「向……猛衝」（rush），compete 有「一起競逐某物」的意思。competition 是 compete 的名詞。

搭配 fierce / stiff / intense competition　激烈競爭

▶ Traditional banks are beginning to invest in financial innovation in the face of **fierce competition** from Internet-based finance companies.

面對來自網路金融公司的**激烈競爭**，傳統銀行開始投資金融創新。

207 **mortgage**

[`mɔrgɪdʒ]

n 抵押貸款（尤指房貸）【金融】

mort 是「死」，暗示「結束」、*gage* 是「誓約」，mortgage 表示「誓約結束」，語意改變，衍生出「抵押貸款」的意思。

搭配 take out / paid off　取得／還清（抵押貸款）

▶ He paid off his **mortgage on the property** due to the fear of rising interest rates.

由於擔心利率上升，他還清了**房產抵押貸款**。

208 bar

[bɑr]

v 禁止；阻擋

bar 是「阻礙通行的橫桿」，引申為「禁止」、「阻擋」。

▶ The SEC wants to **bar** Elon Musk from being the chairman of Tesla.

美國證券交易委員會欲禁止馬斯克擔任特斯拉的董事長。

209 real estate

n 房地產、不動產

e- 是為了好發音而添加上去的、sta 是「站」（stand），estate 表示「（站著不動的）大片私有土地」、「莊園」。real estate 引申為「不動產」。

▶ Banks have warned about rising risks in **commercial real estate**.

銀行已經警告商用房地產風險上升。

210　asset

[`æsɛt]

n 資產；財產【金融】

單字源來如此

as- = ad-，表示「去」（to）、set 是 sat 變體，表示「滿足」（satisfy）的意思，asset 即表示讓人滿足的「資產」、「財產」。

片語 freeze assets　　凍結資產
　　　 leveraged assets　槓桿資產

▶ Asset managers should decide whether to buy **assets** or shares in investors' best interests.

資產經理人應以投資者的最佳利益，決定是否購買**資產**或股份。

211　portfolio

[port`folɪ,o]

n 投資組合【金融】

單字源來如此

port 是「攜帶」（carry）、*folio* 是「紙張」（paper），portfolio 是便於「攜帶」、用來裝零散「紙張」的收藏夾，現代常見的意思有「公事包」、「文件夾」等，1930 年後有「投資組合」的意思。

▶ U.S. stocks make up 50% of his **investment portfolio**.

美國股票占其投資組合的 50%。

高頻字

中頻字

低頻字

212 **contract**

[`kɑntrækt]

n 契約、合同

con- 是「一起」（together）、*tract* 是「拉」（drag），contract 是「將大家拉在一起，凝聚共識，擬定大家皆同意的條款」，引申為「契約」、「合同」。

▶ Blockchain smart **contracts** allow all parties to validate transaction outcomes and automatically execute contract terms when certain conditions are met.

區塊鏈智慧合約允許所有各方驗證交易結果，並在滿足某些條件時自動執行合約條款。

213 **commission**

[kə`mɪʃən]

n 傭金【商業】

com- 是「一起」（together），*mission* 是「任務」，commission 本義是「一起合作，託付任務」。在商業上，指的是提供給中介或代理的報酬，即所謂的「傭金」，感謝達成任務。

▶ The real estate agent works on **commission**, receiving a 5% **commission** for each sale.

房地產仲介商賺取傭金，每筆銷售收取 5% 傭金。

214 hedge

[hɛdʒ]

n **v** 避險;對沖【金融】

單字源來如此

hedge 本義是「樹籬」,有保護的功能,金融用語,指「避險」。

▶ Gold is often seen as **a hedge against** inflation.

黃金經常被視為對通貨膨脹的避險工具。

215 budget

[ˋbʌdʒɪt]

n 預算【金融】

單字源來如此

可以用 bag 來聯想 *budg*,本義是「皮革包」(leather bag)、「錢包」(purse),相傳以前財政大臣會將財政計劃書收在皮革包內,語意幾經變化,衍生出「預算」的意思。

▶ Money is tight for the next long-term corporate **budget**, and that makes for hard strategic decision-making.

下個長期公司預算資金緊張,導致戰略決策困難。

216 loan

[lon]

n 借款、貸款

單字源來如此

loan 和 lend（借出）同源。

▶ Some financial advisors recommend that people do not **take out a loan** to buy a car.

一些財務顧問建議民眾不要貸款購買汽車。

▶ The company has applied for a $3 million **loan** to start a new business.

該公司已申請 300 萬美元貸款以開展新業務。

217 acquisition

[ˌækwəˈzɪʃən]

n 收購

單字源來如此

ac- = ad- 是「加強語氣的字首」、quis = quest 是「追尋」（seek）、-ition 是名詞字尾，acquisition 表示「獲得」，追尋是為了獲得。金融用法，表示「收購」，是由「獲得」所衍生出來的語意。

▶ The recent **acquisition** of Flipkart by Walmart has made Walmart the largest shareholder in India's e-commerce giant.

近期沃爾瑪對 Flipkart 的收購已使沃爾瑪成為這家印度電商巨頭的最大股東。

MP3

218 **perk**

[pɝk]

n 額外好處；優惠

（單字源來如此）

perk 是 perquisite 的口語縮減形式，*per-* 是「徹底地」（thoroughly）、*quis* 是「追尋」（seek），perquisite 即「徹底追尋之物」，引申為「自己賺來的資產，而非繼承來的財產」，後來衍生出「額外好處」、「優惠」的意思。

▶ Banks lure cardholders with cash back and other generous **perks**.

銀行利用現金回饋和其他慷慨的優惠吸引持卡人。

219 **volume**

[`vɑljəm]

n 交易量【股市】

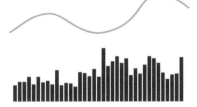

（單字源來如此）

volu 是「轉動」（turn），volume 即「（轉出來的）交易量」。

▶ The **average daily (trading) volume** across the NYSE and Nasdaq has fallen roughly 10% relative to this year's average.

紐約證券交易所和那斯達克交易所的**平均每日交易量**相較於今年的平均水準約下跌 10%。

220 **rally**
['rælɪ]

v 好轉；回升

單字源來如此

re- 是「再一次」（again）、*ally* 是「結合」（unite），rally 即「再次結合」，引申為「好轉」、「回升」。

▶ Apple's shares began to **rally** after the press release.

新聞稿發布後，蘋果股價開始回升。

221 **currency**
['kɝənsɪ]

n 貨幣；通貨【金融】

單字源來如此

cur 是「跑」（run）的意思、*-ency* 是名詞字尾，currency 是在市場流通的「貨幣」，取「（作為交易媒介的貨幣）會跑、會移動」之意。值得一提的是，current 這個同源字，表示「水流」，取「水在跑」之意；也表示「電流」，取「電在跑」之意。

片語 counterfeit currency 偽造（的）貨幣

▶ The Central Bank intervened in foreign **currency** markets to contain a soaring local currency, which is denting the competitiveness of the nation's manufacturing exports.

央行干預外匯市場以遏制飆升的本國貨幣，大幅升值的貨幣削弱了全國製造業出口競爭力。

222 initial public offering (IPO)

n 首次公開募股

單字源來如此

initial 可拆解成 *in-*，表示「內」、*it* 是「走」（go），initial 本義指「走進去」，引申為「開始的」、「首次的」。offer 可拆解成 *of-* = *ob-*，表示「去」（go）、*fer* 是「帶」（bring），offer 指「朝……帶過去」，引申為「提供」。offering 在商業用法上有「發行」的意思。initial public offering（IPO）即「首次公開募股」。

▶ Xiaomi picked Hong Kong for its **IPO**.
小米選擇香港進行首次公開發行。

223 forecast

[`for,kæst]

n **v** 預測

單字源來如此

fore- 是「前面」（before）、*cast* 是「丟、拋」（cast），forecast 即「往前面拋」，引申為「預測」。

▶ Online games maker is raising its revenue **forecast** for the year.
線上遊戲製造商提高了今年的營收預測。

224 # The Federal Reserve System (Fed)

n 聯邦準備理事會（美國中央銀行體系）

單字源來如此

federal 是「聯邦」、reserve 是「儲備」、system 是「系統」，The Federal Reserve System（Fed）又名「美聯準」。

▶ President Trump says he is not happy with **Fed's** decision to raise interest rates.

川普總統表示，他不滿聯準會決定升息。

225 # premium

[`prɪmɪəm] **n** 保險費；溢價；額外費用

單字源來如此

pre- 是「前面」（before）、em 本義是「拿」（take），這裡當「買」（buy）解釋、-ium 是名詞字尾，premium 在保險體系中表示「保費」，指「事先買保障，用以防範未然」。保費是多出來的一項保障，後來另產生「溢價」、「額外費用」的意思。

▶ **Health insurance premiums** have increased this year.

今年的健保費增加了。

▶ Japanese-made products have usually **commanded a premium** for their quality.　日本製造的產品通常因其品質而獲得溢價。

MP3

226 quarterly

[ˋkwɔrtəlɪ]

adj adv 每季的；每季地

單字源來如此

quarter 是「四分之一」（one fourth），一年的四分之一即「一季」。quarterly 即「每季的」。

▶ The company reported a profit of $6 million in its second **quarterly report**.

該公司在第二**季報**告中報告了 600 萬美元的獲利。

 季報：美國上市公司每季必須交給美國證券交易委員會（SEC）財務報告，說明公司的財務狀況及相關重要資料。川普曾要求 SEC 將現行季報，改為半年報告一次，原因是一年四次的季報使得專業經理人難以專注在長期發展。

227 shareholder

[ˋʃɛr͵holdə]

n 股東

單字源來如此

share 是「股份」、*holder* 是「持有者」，shareholder 即「股東」。

▶ Berkshire Hathaway is the largest **shareholder** in Coca-Cola.

波克夏是可口可樂的最大股東。

228 probe

[prob]

n **v** 探究；盤問；調查

單字源來如此

probe（探究、調查）和 prove（證實、查驗）同源，b/v 轉音，母音通轉，兩字關係緊密，「探究」是為了「證實」懷疑或假設是否正確。

▶ The SEC (Securities and Exchange Commission) has **opened a probe** into the company's accounting practices.

美國證券交易委員會已對該公司的會計實務展開調查。

▶ Investors are **probing** into the stock's performance for better returns.

投資者正探究該股票表現，以獲得更好的回報。

229 benchmark

[ˋbɛntʃ͵mɑrk]

n 基準；標竿

單字源來如此

mark 是刻在石頭上的「記號」、「參考點」，benchmark 本是丈量土地的術語，後引申出「基準」、「標竿」的意思。

▶ The S&P 500 Index is the most widely used **benchmark** for U.S. stock market performance.

標準普爾 500 指數是美國股市表現最廣泛使用的基準。

BENCHMARKING

MP3

WIRE TRANSFER

230 wire

[waɪr]

v 電匯

單字源來如此

wire 當名詞用時指「金屬線」、「電報」（telegram），當動詞用時，表示「用電報傳送」、「電匯」。

▶ The insurance company **wired** $500 to my account to cover my expenses.

保險公司電匯 500 美元到我帳戶以支付我的支出。

高頻字

中頻字

低頻字

231 momentum

[moˋmɛntəm]

n 動量；衝力；勢頭；氣勢

單字源來如此

momentum 本義是「動」（move），在力學當中指「動量」，亦有「衝力」、「氣勢」等衍生意思。

▶ Uber is **gathering momentum** toward an IPO.

Uber 正聚集氣勢朝向首次公開募股。

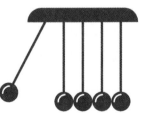

232 dividend

[ˋdɪvəˌdɛnd]

n 股利、股息

dividend 是指「股份公司依據股東持有的股份或出資比例派發給股東的公司盈餘」，本義是「（被切成部分的）股息」，和 divide（分發）同源。

▶ Rising bond yields threaten to diminish the allure of **high-dividend stocks**.

不斷上升的債券殖利率可能會削弱高股息股票的吸引力。

233 liquidity

[lɪˋkwɪdətɪ]

n 流動性【金融】

liquid 是「液體」，液體特性是「會流動」、*-ity* 是名詞字尾，liquidity 在金融術語上表示「流動性」，指的是「資產在市場上轉換為現金的難易程度」。

▶ Either a lack of confidence in the specific bank or some unexpected need for cash could trigger a **liquidity** crisis.

對特定銀行缺乏信心或某些預期外的現金需求，都可能引發流動性危機。

MP3

234 outstanding

[`aʊt`stændɪŋ]

adj 未支付的；未清償的；未解決的

單字源來如此

outstanding 的常見語意是「傑出的」，源自「站出來很醒目，有鶴立雞群的意思」，而「未支付的」（unpaid）這個語意的產生始於 1797 年。

▶ The company has an **outstanding debt** of $5 million.

該公司有 500 萬美元的未償還債務。

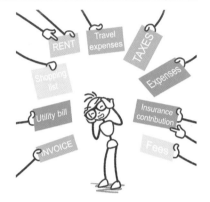

235 takeover

[`tek,ovə]

n 收購【金融】

單字源來如此

takeover 字面意思是「拿過來」，本是「接管」、「接手」的意思，金融術語表示「收購」，收購之後接管。

片語 hostile takeover　惡意收購

▶ The Korean motor manufacturer launched a $120 billion **hostile takeover** bid for its rival Japanese company.

這家韓國汽車製造商向競爭對手日本公司發起惡意收購，出價 1200 億美元。

236 **volatile**

[ˋvɑlət!]

adj 不穩定的；易波動的

單字源來如此

volatile 常見的意思是「易變的」，衍生的語意有「不穩定的」、「易波動的」等。

搭配 in the wake of sth　隨……之後而來；緊接著（通常前後有因果關係）

▶ U.K. shares remain **volatile** in the wake of the Brexit vote.
英國脫歐公投之後，英國股市仍處於波動狀態。

237 **rebound**

[ˋri,baʊnd]

n 反彈

單字源來如此

re- 是「向後」（back）、*bound* 是「跳」（leap, jump），rebound 表示「跳回去」，引申為「反彈」。

▶ Analysts said that the housing market is showing signs of a **rebound**.　分析師表示房市出現反彈跡象。

▶ Due to the economic slowdown, the timing of a market **rebound** is not predictable.　由於經濟放緩，市場反彈的時機不可預測。

MP3

238 offshore

[ˋɔfˋʃor]

adj 境外的、海外的

單字源來如此

off 是「離開」、*shore* 是「岸」，offshore 表示「離岸」，引申為「境外的」、「海外的」。

▶ Police officers are investigating whether criminals launder money through **offshore tax havens**.

警方正在調查罪犯是否透過境外避稅天堂洗錢。

239 default

[dɪˋfɔlt]

v 違約；拖欠債務【金融】

單字源來如此

de- 是「離開」、*fault* 是「欺騙」，default 字面上的意思是「騙人離開」，後來衍生出「欺騙」、「失敗」等負面語意，金融用語，指「違約」。

▶ Greece became the first developed country to **default on** an IMF loan.

希臘成為第一個對國際貨幣基金組織貸款違約的已開發國家。

240 blockchain

[ˋblɑktʃen] **n** 區塊鏈

block 是「塊」、*chain* 是「鏈」，blockchain 表示「區塊鏈」。

▶ **Blockchain** is a technology that bitcoin was built on.

區塊鏈是建立比特幣的技術。

區塊鏈主要作用是**分散式帳本**（**distributed ledger**），特性是**透明、不可篡改、去中心化**，可應用於債券、股票、合約、版權等資產轉移。區塊鏈網路中的每個節點皆可**記錄和驗證交易**，不需要透過中間人，因此《經濟學人》稱區塊鏈為「信任機器」。

241 Exchange Traded Fund (ETF)

n 交易所交易基金、指數股票型基金

exchange 是「交易所」、trade 是「交易」、fund 是「基金」，Exchange Traded Fund 即「交易所交易基金」。

▶ While mutual funds set their price once a day, **ETFs** trade all day on an exchange just like stocks.

共同基金每天定價一次，但 **ETF** 在交易所全天交易，就像股票一樣。

ETF 是追蹤指數的一籃子證券，投資者可在證券交易所像股票一樣交易。ETF 包含多種類型的投資，包括股票、商品、債券或以上投資類型的混合。和共同基金（mutual fund）僅在市場收盤後每天價格變動一次不同，ETF 價格隨股市開盤全天波動。與購買個股相比，ETF 提供較低的費用率和交易成本。台灣的元大寶來台灣卓越 50（0050）與美國的 Vanguard 標普 500 指數 ETF（VOO）、Vanguard 整體股市 ETF（VTI）皆是著名的 ETF。

242 incentive

[ɪn`sɛntɪv]

n 誘因；激勵

單字源來如此

in- 是「裡面」、*cent* 是「唱歌」（sing），incentive 本指「開始唱歌」（strike up），唱歌可以牽動他人情緒或激勵他人，衍生出「激勵」、「誘因」的意思。

▶ Libra partners will **create incentives to** make more people to use the coin.

臉書幣 Libra 的合作夥伴將創造誘因，讓更多人使用臉書幣。

243 money laundering

n 洗錢

單字源來如此

money 是「金錢」、laundering 是「洗」，money laundering 即「洗錢」。洗錢指的是將通過犯罪或違法所得及其產生的收益，經過合法金融作業流程，「洗淨」為看似合法的資金，使非法所得在形式上合法化的行為。

▶ The authority fears that some cryptocurrency platforms could be used for **money laundering**.

政府當局擔心某些加密貨幣平台可能被用於洗錢。

244 fintech

[ˋfɪntɛk]

n 金融科技

fintech 是 financial technology 的簡稱,表示「金融科技」。

▶ Financial firms are embracing the agility and flexibility that **fintech** offers.

金融公司欣然接受金融科技提供的敏捷與彈性。

245 plunge

[plʌndʒ]

v 暴跌;驟降

pl 的子音群組合有「落下」的意思,發音像是中文的「啪啦啪啦」,例如:plump(重重地落下)、plummet(快速落下)、plunk(使砰然落地)等。plunge 指「暴跌」、「驟降」。

▶ The S&P 500 **plunged** into a bear market.

標準普爾 500 指數跌入熊市。

MP3

mount

[maʊnt]

v 升高、增加

單字源來如此

mount 是「爬」（climb）、「爬升」（go up），可用「爬山」（climb the mountains）來輔助記憶 mount（升高、增加）。

▶ The pressure **mounted** after the reported earnings fell short of analyst's expectations.

報告的盈利低於分析師預期後，賣壓增加。

deposit

[dɪˋpɑzɪt]

n （銀行）存款

單字源來如此

de- 是「到一旁」（away）、*pos* 是「放」（put），deposit 本指「將……放到一旁」（put away），引申為「（銀行）存款」。

▶ He **makes deposits** through ATMs.

他透過 ATM 存錢。

248 **liability**

[ˌlaɪə`bɪlətɪ]

n 負債【財務】

單字源來如此

liable 是「受法律所束縛」（bound by law）、*-ity* 是名詞字尾，liability 本指「受法律所束縛」，引申為「責任」、「義務」。金融術語，特指「負債」。

▶ The company **listed liabilities** of more than $300 million.
該公司列出的負債超過 3 億美元。

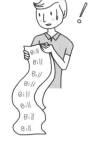

249 **lease**

[lis]

n 租約　**v** 租賃

單字源來如此

lease 本義是「鬆弛的」（slack）的意思，和 release（鬆開）同源，可用「短暫鬆開房子擁有權，允許他人居住自己的房子」來聯想「租賃」的意思。

▶ The company's 10-year **lease** will expire in 2030.

該公司的 10 年租約將於 2030 年到期。

▶ Most buildings in this area are **leased** to private companies like Amazon.

此區的大多數建築物租用給像亞馬遜這樣的私人公司。

250 ## blue-chip

n 藍籌股、績優股

單字源來如此

blue-chip（藍籌）一詞，源自賭博桌上最高額的藍色籌碼，引申為「最大市值或最大規模的上市公司」。「績優股」、「藍籌股」通常指這些業績優良，但增長速度較慢的公司的股票。

▶ **片語** blue-chip companies　藍籌公司
▶ **搭配** buck the trend　逆勢而上【金融】

▶ **Blue-chip stocks** often bucked the trend when the market fell.

市場下跌時藍籌股往往逆勢上揚。

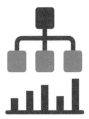

251 ## derivatives

[dəˈrɛvətɪvz]　n 衍生性金融商品

單字源來如此

de- 是「始於」（from）、*riv* 是「溪流」（stream）、*-ative* 是形容詞字尾，derivative 本指「始於溪流的」，引申為「衍生的」。名詞 derivatives 表示「衍生性金融商品」。

▶ The Bank of England has warned about the possible impact of Brexit on **derivatives** markets.

英格蘭銀行（英國央行）已就英國脫歐對衍生金融商品市場可能產生的影響發出警告。

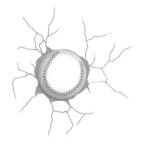

252 battered

[ˋbætəd]

adj 被重擊的；重挫的【股市】

 單字源來如此

bat 是「打擊」（beat），*batter* 裡面含有兩個 *t*，代表重複性動作，battered 表示「接連猛打」，亦有「被重擊的」、「重挫的」等衍生意思。

▶ Facebook's shares were the most **battered** among the big tech companies last year.

臉書的股票是去年大型科技公司中受挫最多的股票。

253 quote

[kwot]

v 報價【金融】【商業】

單字源來如此

quot 是「多少」（how many）之意，有「報價」的意思。

▶ The dollar **was quoted at** 30 NTD.

美元報價為新台幣 30 元。

▶ A logistics company **quoted** me a fee of $1000 to ship my goods to L.A.

物流公司向我報價 1000 美元的費用，將我的貨物運到洛杉磯。

 MP3

254 downgrade

[ˋdaʊnˌɡred]

v **n** 降級【金融】

單字源來如此

down 是「往下」、*grade* 是「走」，downgrade 即「降級」。

▶ Moody's **downgraded** Turkey's sovereign credit rating to "Ba3" from "Ba2".

穆迪將土耳其的主權信用評級從 Ba2 下調至 Ba3。

255 withdrawal

[wɪðˋdrɔəl]

n 提款【銀行】

單字源來如此

with 是「離開」（away）、*draw* 是「拉」、*-al* 是名詞字尾，withdrawal 即「拉開」，引申為「提款」。

片語 make a withdrawal　提款

▶ The account allows you to **make** three free **withdrawals** per month.

該帳戶允許您每月三次提款免手續費。

256 collateral

[kə`lætərəl]

n 抵押品、擔保品

col- = *com-* 是「一起」（together）、*later* 是「邊」、*-al* 是名詞字尾，collateral 即「邊靠著邊」，有「伴隨著」的衍生意思，引申為「（借款時需伴隨提供的）抵押品」、「擔保品」。

▶ She used her art collection as **collateral** for a loan.
她用她的藝術品收藏作為貸款的抵押品。

257 bankrupt

[`bæŋkrʌpt]

adj 破產的

bank 是「長板凳」（bench）、*rupt* 是「破」（break），bankrupt 源自義大利語 banca rotta，字面意思是「打破長凳」。如果銀行家未在約定時間內，將其所保管的錢歸還給原持有人，銀行家的長凳或桌子就會被人破壞，引申為「破產的」。

▶ Lehman Brothers **went bankrupt** in 2008.
雷曼兄弟於 2008 年破產。

MP3

258 execution

[ˌɛksɪˈkjuʃən]

n 成交（成功執行買賣證券訂單）【股市】

單字源來如此

ex- 是「離開」（out）、*secu* 是「跟隨」（follow），execution 字面上的意思是「跟著離開」，引申出「執行」的意思，股市用語表示「成交」。

▶ The growth in the number of online brokers has reduced the cost of trade **execution**.

線上經紀人人數的成長降低了交易**成交**的成本。

259 sink

[sɪŋk]

v 下跌

單字源來如此

本義是「浸沒」（become submerged），引申為「下跌」。

▶ Analysts said the market will **sink** due to recent political uncertainties.

分析師表示，由於近期政治不確定性，市場將向下探底。

260 **ramp up**

phr. v 提高、增加

單字源來如此

ramp 是「爬」（climb），ramp up 有「提高」、「增加」的意思。

▶ News of the merger is expected to **ramp up share prices** over the next few weeks.

合併的消息預計將在未來幾週推升股價。

261 **soar**

[sor]

v 飆升、驟升

單字源來如此

源自古法文 essorer，es- = ex-，是「外面」的意思、sorer = soar 是「飛起來」，soar 衍生出「飆升」、「驟升」之意。

▶ The Fed's decisions on interest rates sent stocks **soaring**.

聯準會的利率決策導致股市飆升。

262 consume

[kənˋsjum]

[v] 消耗；消費

單字源來如此

con- 是加強語氣的字首、sum 是「拿」（take），consume 表示「拿」，引申出「消耗」、「消費」的意思。

▶ Bitcoin mining **consumes** a lot of energy and produces a lot of emissions.

比特幣採礦消耗大量能源並產生大量碳排放。

263 beneficiary

[ˌbɛnəˋfɪʃərɪ]

[n]（保險）受益人

單字源來如此

bene- 是「好」（well）、fic 是「做」（do）、-ary 是名詞字尾「人」的意思，beneficiary 有「享受人家所做恩惠的人」的意思，保險用語引申為「（保險）受益人」。

▶ Olivia would serve as her brother's **beneficiary** and handle everything if anything happened to him.

Olivia 將擔任她兄弟的受益人，如果有任何事情發生，她將處理所有事務。

264 **due diligence**

n 盡職調查【法律】【會計】

di- = *dis-* 是「分開」的意思、*lig* 是「選擇」、*-ence* 是名詞字尾，diligence 表示「選擇所要的東西，使之分開來」，挑選分開需要專注力、毅力、謹慎，引申為「勤勉」。due diligence 是「審慎行為」，商業用語表示「與某公司有業務往來之前，對其本身以及其財務況進行的必要了解」。

▶ The prospective investor should **do due diligence** to ensure its investments' valuations are appropriate.

潛在投資者應進行盡職調查以確保其投資的估值適當。

265 **REIT (Real Estate Investment Trust)**

n 不動產投資信託

REIT 是 Real Estate Investment Trust 的縮寫，表示「不動產投資信託」。

▶ Global **REITs** have underperformed for the past few years.

全球不動產投資信託基金在過去幾年表現不佳。

MP3

266 diversification

[daɪˌvɝsəfə`keʃən]

n 多樣化、分散（投資經營）【金融】【商業】

單字源來如此

di- = *dis-* 是「旁邊」（aside）、*vers* 是「轉」（turn）、*-fy* 是動詞字尾，diversify 本義是「轉到旁邊」，代表「改變方式、形式」，衍生出「使多樣化」的意思。diversify 的名詞是 diversification。

▶ **Diversification** reduces volatility in your portfolio.

多元化能減少投資組合的波動。

267 encryption

[ɪn`krɪpʃən]

n 加密【IT】

單字源來如此

en- 是「裡面」（in）、*crypt* 是「隱匿之所」（hidden place）、*-ion* 是名詞字尾，encryption 是「躲在隱匿之所」，引申出「加密」的意思。

▶ **Encryption** is increasingly being used to protect confidential data stored in the cloud.

加密日益用於保護儲存在雲端的機密資料。

268 **domain**

[do`men]

n 領域；範圍

dom 是「房子」，動物進入「房子」前，會先被馴服，受人宰制、支配，domain 即「（人類所主宰的）領域」、「範圍」，和 dominate（支配）、domestic（家庭的）等字同源。

▶ The company's strength is their extensive **domain knowledge** around financial markets.

該公司的優勢在於他們關於金融市場的廣泛領域知識。

269 **allocate**

[`ælə,ket]

v 分配；撥給

al- = *ad-* 是「去」（to）、*loc* 是「地方」、*-ate* 是動詞字尾，allocate 表示「把東西放置到特定地方」，有「分配」、「撥給」的意思。

▶**片語** Asset Allocation　資產配置

▶ The White House plans to **allocate** at least $200 million each year to coding education.

白宮計劃每年至少撥款 2 億美元用於程式編碼教育。

270 **bellwether**

[ˋbɛl,wɛðɚ]

n 領頭者、領頭羊

> 單字源來如此

bell 是「鈴」、*wether* 是「公羊」，bellwether 即「掛鈴的公羊」，此說法源自 14 世紀中葉，養羊的人會在「領頭羊」（lead sheep）的頸部掛上一個鈴。

▶ Morgan Stanley is a **bellwether** for the U.S financial sector.

摩根士丹利是美國金融業的領頭羊。

271 **juncture**

[ˋdʒʌŋktʃɚ]

n 時刻；關頭

> 單字源來如此

junct 是「連接」（join）、*-ure* 是名詞字尾，juncture 表示「連接」，引申出「關頭」的意思。

▶ The moves **come at a critical juncture** for Tesla as it tries to instill confidence in investors.

此舉正處於關鍵時刻，特斯拉試著向投資者灌輸信心。

272 **prospectus**

[prə`spɛktəs]

n 公開說明書【股市】

pro- 是「往前」（forward）、*spect* 是「看」、*-us* 是名詞字尾，propspectus 字面上的意思是「往前看」。股市用語表示「公開說明書」，提供企業背景、利益前景預測、股本架構、債務情況等資訊給投資人，做為投資的參考評判依據。

▶ The company released its **prospectus** for an IPO in Shanghai.

該公司發布在上海首次公開募股的公開說明書。

273 **accommodation**

[ə,kɑmə`deʃən]

n 住所、住處

ac- = *ad-* 是「往⋯⋯」（to）、*com-* 是加強語氣的字首、*mod* 是「採取合適的措施」（take appropriate measures）、*-ation* 是名詞字尾，accommodate 表示「採取合適措施」，引申出「使合適」的意思，accommodation 是「提供合適的處所或設施」，衍生出「住處」、「住所」的意思。

▶ The company is looking to raise money to invest in the U.K.'s student **accommodation** market.

該公司正在籌集資金以投資英國的學生住宿市場。

274 redemption

[rɪˋdɛmpʃən]　**n** 贖回

單字源來如此

red- = re- 是「回來」（back）、*empt* 是「買」（buy）、*-ion* 是名詞字尾，
redemption 即「買回」、「贖回」。

▶ Fund managers need to be mindful of the liquidity of their holdings in
case of a large volume of **early redemptions** by fund shareholders.

如果基金股東大量提前贖回，基金經理需注意其持股的流動性。

275 risk aversion

n 風險趨避

單字源來如此

risk 是「風險」（out）。aversion 是由 *a- = ab-* 表示「離開」（away）、*vers*
表示「轉」、*-ion* 名詞字尾三部分所組成，aversion 表示「轉開」，引申出
「厭惡」的意思。risk aversion 表示「風險趨避」。

小知識　「風險趨避」是一個結合心理學和經濟學的概念，打破經濟學理性人的
理論假設。行為經濟學認為，實務上投資者傾向於選擇「確定、期望收
益較低」的交易，而不願意選擇「有風險、期望收益較高」的交易。

▶ Gold hovered near a five-year high due to the weaker dollar and **the
risk aversion gripping the broader markets**.

由於美元疲軟和避險情緒籠罩大盤，金價徘徊在五年高點附近。

276 gilt

[gɪlt]　**n** 金邊債券（英國國債）【金融】

gilt 原義是「鍍金的」，動詞是 gild（給……鍍金），是 gold（黃金）的同源字。

小知識　英國政府於 17 世紀時，經議會批准發行的公債，因當時公債為金黃色邊，因此被稱為「金邊債券」（gilts)，後「金邊債券」泛指所有中央政府發行的債券，即國債，相當於美國國庫證券（U.S. Treasury securities）。

▶ Brexit may damage the British economy, and **gilt** yields are probably heading lower.

英國脫歐會損害英國經濟，英國國債殖利率可能持續走低。

277 arbitrage

[`ɑrbətrɪdʒ]　**n** 套利

arbitrage 本義是「仲裁」，和 arbitrator（仲裁者）是同源字，1875 年在金融體系產生「套利」的意思。套利的定義是投資者或借貸者在價格較低時買進一樣東西，在增值或承擔風險後以較高的價格賣出，以獲得價格差額。

▶ One of the best-known **arbitrage** opportunities for cryptocurrency traders is the "kimchi premium," indicating that the bitcoin price in South Korean exchanges tends to be abnormally higher than prices in foreign exchanges.

加密貨幣交易界最著名的套利機會之一是「泡菜溢價」，指南韓交易所的比特幣價格往往異常高於外國交易所的價格。

MP3

278 **junk bond**

n 垃圾債券

單字源來如此

junk bond 是「垃圾債券」，是「高殖利率，違約風險也高的債券」。

▶ Moody's downgraded some utility companies' credit rating to **junk bond status**.

穆迪將部分公用事業公司的信用評級下調至垃圾債券級別。

279 **spawn**

[spɔn]

v 引發；突然成長

單字源來如此

sp 子音群有「噴灑」的語意，例如：spill（液體濺出）、spout（液體等噴出），spawn 也是如此，其本義是「往外擴展」，有「產卵」、「產生」、「引發」、「突然成長」等衍生意思。

▶ The housing boom **spawned** trading in mortgage securities in the financial market.

房地產繁榮催生了金融市場抵押貸款證券的交易。

280 hindsight

[`haɪnd,saɪt]

n 後見之明、事後諸葛

hind 是「後面」（back）、*sight* 是「看」（see），hindsight 表示「從後面看」，引申出「後見之明」的意思。其相反字是 foresight，表示「先見之明」。

▶ **With hindsight**, I should have invested in Amazon at $1 per share.
事後看來，我當初應該以每股 1 美元的價格投資亞馬遜。

281 hover

[ˋhʌvɚ]

v 徘徊、盤旋

單字源來如此

hover 源自於 hove，是「徘徊」（linger）、「盤旋」的意思。

▶ Soybean and wheat prices are **hovering near decade lows**.

黃豆和小麥價格徘徊在十年低點附近。

282 divergence

[daɪˋvɝdʒəns]

n 差異；分歧

單字源來如此

di- = dis- 是「分開」（apart）、*verg* 是「轉」（turn）、*-ence* 是名詞字尾，divergence 字面上的意思是「轉開」，表示走上不同方向的道路，產生「分歧」、「差異」。

▶ The stock market saw a **marked divergence between** the benchmark index and the broader market indices.

股票市場基準指數與大盤指數之間存在顯著差異。

283 fluctuate

[ˈflʌktʃʊˌet]

v 波動

fluct 是「流」（flow）、*-ate* 是動詞字尾，fluctuate 即「流動」，引申為「波動」。

▶ Commodity prices **fluctuated** far more than property prices this year.

大宗商品價格今年的波動幅度遠大於房地產價格。

284 drawback

[ˈdrɔˌbæk]

n 缺點

draw 是「拉」（pull）、*back* 是「回來」，drawback 表示「拉回」，可能跟「拉回」使之不能往前，無法成功有關，引申為「缺點」。

▶ Consumers should know about the **benefits and drawbacks** of mobile payment.

消費者應該了解行動支付的利弊。

285 lump sum

n 一次性支付的金額

▶ Investors often need to decide to invest a small amount each month or to invest a **lump sum**.

投資者時常需要決定採取每月投入少量資金或是一次性投資。

286 defraud

[drˋfrɔd]

v 欺詐；騙取

▶ It is alleged that the former CEO **defrauded** shareholders of more than $6 million.

據稱這位前執行長欺詐股東超過 600 萬美元。

287 cyclicals

[ˋsaɪklɪkəlz]

n 週期性股票

 單字源來如此

cycle 是「循環」、*-ical* 是形容詞字尾，cyclical 表示「循環的」、「週期性的」，後來轉當名詞使用，相當於 cyclical stocks。

▶ Investors who believe the bear market has passed are moving from defensive stocks into **cyclicals**, such as retailers and real-estates.

相信熊市已過的投資者正將防禦性股票轉向零售商和房地產等週期性股票。

小知識 > 與週期性股票相對的是「防禦性股票」（defensive stocks），指市場下跌時較穩定的股票，如醫療保健（health care）、公用事業（utility）、必需消費品（consumer staples）三大類股。

288 ascertain

[ˌæsɚˋten]

v 查明、弄清楚

單字源來如此

as- = *ad-* 是「朝」（to）、*certain* 是「確切的」（sure），ascertain 表示「查明」、「弄清楚」。

▶ It's always hard to **ascertain the cause** of a financial bubble.

要查明金融泡沫的原因總是困難的。

289 phishing

[ˋfɪʃɪŋ]

n 網路釣魚【IT】【銀行】

單字源來如此

phishing（網路釣魚）一詞最早可上溯至 1995 年，發音和 fishing（釣魚）相同。網路釣魚指企圖透過電子郵件、通訊軟體、電子商務網站來獲取個資，這些介面表面上看起來正常，實則是有心人士設計，用以放長線釣大魚，裡面含有惡意連結，一旦受好奇心驅使而點擊，個資就可能遭竊取。

▶ The hackers have used **phishing emails** to obtain personal information from users by directing targets to fake websites.

駭客利用網路釣魚電子郵件將目標導引到假網站，以取得用戶個資。

290 bottom out

phr. v 到達最低點並將逐漸好轉

單字源來如此

bottom out 是要「離開底部」，表示「到達最低點並將逐漸好轉」。

▶ Analysts expect Chinese GDP growth to **bottom out** this year.

分析師預計今年中國國內生產毛額成長將走出低點。

291 refurbishment

[rɪˋfɝbɪʃmənt]

n 翻修、翻新

單字源來如此

re- 是「再一次」（again）、furbish 是「修理」（fix, mend）、-ment 是名詞字尾，refurbishment 表示「翻修」、「翻新」。

▶ Some housing companies offer repair and **refurbishment** services.

有些房產公司會提供維修和翻新服務。

292 financial inclusion

n 金融服務普及性、金融包容性

單字源來如此

financial 可拆解為 fin，表示「結束」（ending）、-ance 是名詞字尾、-ial 是形容詞字尾，financial 表示「結束的」，原指「結束債務的」，後指「金融的」。inclusion 可拆解為 in-，表示「裡面」、clus 是「關」（close）、-ion 是名詞字尾，inclusion 是「包容」。financial inclusion 是「金融包容性」。

▶ **Financial inclusion**, making financial services accessible at affordable costs to all people, remains a major challenge for the country in terms of social responsibility.

金融服務普及，使所有人都能以負擔得起的成本獲得金融服務，這在該國仍然是社會責任方面所面臨的主要挑戰。

293 policy

[ˋpɑləsɪ]

n 保單

單字源來如此

policy 在 1560 年代時就有「書面保險協定」（written insurance agreement）的意思，引申為「保單」。

▶ Your **policy** doesn't cover earthquake damage.

您的**保單**不涵蓋地震災損。

294 policyholder

[ˋpɑləsɪˏholdɚ]

n 投保人

單字源來如此

policy 是「保單」、*holder* 是「持有者」，policy holder 表示「保單持有者」，即「投保人」。

▶ If insurance companies kept on raising premiums, most **policyholders** would stop renewing.

保險公司持續提高保費時，大多數**投保人**將停止續保。

295 permeate

[ˈpɝmɪˌet]

v 滲透

per- 是「穿過」（through）、*me* 是「通過」（pass）、*-ate* 是動詞字尾，permeate 表示「穿透」，引申為「滲透」。

▶ Blockchain is entering a stable period after the cryptocurrency bubble, and it will gradually **permeate** enterprises.

區塊鏈在加密貨幣泡沫後進入穩定期，並逐漸滲透到企業中。

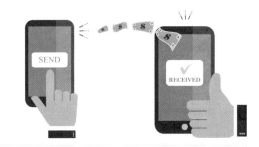

296 remittance

[rɪˈmɪtns]

n 匯款

re- 是「返回」（back）、*mit* 是「送」（send）、*-ance* 是名詞字尾，remittance 表示「送回去」，引申為「匯款」。

▶ Fintechs would bring competition to the money transfer business, reducing the cost of **remittances**.

金融科技將為匯款業務帶來競爭，降低匯款成本。

MP3

297 limit up

n 漲停板

單字源來如此

limit up（漲停板），是指證券交易中，股票價格波動達到了該日股價漲幅的「上限」（limit）。

反義 limit down　跌停板

▶ ZTE shares **hit limit up** as the U.S. lifted the ban on ZTE.

隨著美國解除對中興通訊的禁令，中興通訊的股價飆到漲停。

298 peer-to-peer (P2P) lending

n （點對點）網路借貸

單字源來如此

peer 指「同儕」，電腦領域中 peer-to-peer 指的是「點對點」的網路分享技術。相較於傳統的主從式（server-client）網路架構，資源分享必須透過一個伺服器（server），在 P2P 架構中用戶端（client）可直接進行「點對點」資源分享。金融科技領域中 P2P lending 則指「網路借貸」，個體之間透過網路平台的直接借貸行為。

▶ The meltdown in **peer-to-peer lending** platforms is an alarming risk to China's financial system.

網路借貸平台的崩潰對中國的金融體系來說是個令人擔憂的風險。

299 the underbanked

n 缺乏銀行服務者、次級銀行用戶、低度銀行服務使用者

單字源來如此

under 當字首有「不足」（not enough）的意思、*bank* 是「銀行」（sure），the underbanked 指「缺乏銀行服務者」、「次級銀行用戶」、「低度銀行服務使用者」。

▶ **The underbanked** tend to be lower-income households using financial services outside the traditional banking system, such as payday loans.

低度銀行服務使用者往往是使用傳統銀行系統之外金融服務的低收入家庭，例如發薪日貸款。

300 banknote

[ˋbæŋknot] **n** 鈔票、紙鈔

單字源來如此

note 本身就可當「紙幣」解釋，banknote 指「鈔票」、「紙鈔」。

▶ The central bank said the new **banknotes** should begin circulating next year. 央行表示，新鈔票將於明年開始流通。

301 robo-advisors

[`robo əd,vaɪzɚ]

n 機器人（理財）顧問

單字源來如此

robo 是「機器人」（robot）、advisor 是「顧問」，robo-advisors 表示「機器人（理財）顧問」。

▶ **Robo-advisors** are algorithm-based digital platforms that offer automated investment-management services.

機器人理財顧問基於演算法數位平台，提供自動化的投資管理服務。

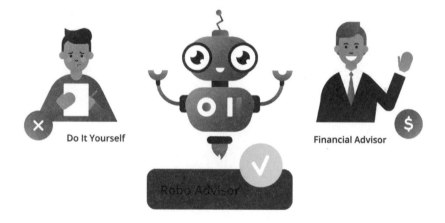

Do It Yourself

Financial Advisor

Robo Advisor

Chapter

4

▼

電子商務與零售

302 stock
[stɑk]

n 庫存

stock 是「給未來使用的供應量」（supply for future use），表示「庫存」。

▶ The items I want to buy are **out of stock**.

我想要購買的商品缺貨。

303 customer
[ˋkʌstəmɚ]

n 顧客

custom 是「習慣」，customer 表示「有固定習慣去光顧某店家的人」，即「顧客」。

▶ Many online retailers open **customer support** accounts on Twitter.

許多線上零售商在推特上開設客服帳號。

304 **membership**

['mɛmbə,ʃɪp]

n 會員資格

member 是「成員」、*-ship* 是「表示頭銜、地位、技巧或關係的字尾」，membership 是「會員資格」。

▶ With an Amazon Prime **Membership**, you can enjoy free delivery on purchases.

擁有亞馬遜 Prime **會員資格**，您可以享受免運費配送服務。

305 **digital**

['dɪdʒɪt!]

adj 數位的、數字的

digit 是「手指」（finger）、*-al* 是形容詞字尾，digital 表示「跟手指相關」的，以前指「10 以下的數字」，因為手指只有 10 隻。20 世紀後才有「數位的」的衍生語意。

▶ The **digital** commerce market in the Asia Pacific region is set to surge two-fold by 2022.

到了 2022 年，亞太地區的**數位**商務市場將翻倍。

306 **order**

[`ɔrdɚ]

n 訂單、訂貨

order 是「排列」、「秩序」，19 世紀之後產生商業上的衍生語意，表示「訂單」、「訂貨」。

▶ You can **place an order** by email.

您可以透過電子郵件下訂單。

307 **campaign**

[kæm`pen]

n 廣告活動、宣傳活動

campaign 本是軍事用語，表示「戰役」，商業用法表示「廣告活動」、「宣傳活動」。

▶ Walmart is kicking off its TV **campaign** for online sales.

沃爾瑪開始為線上銷售展開電視廣告活動。

MP3

308 **trial**

[ˋtraɪəl]

n 試用

try 是「嘗試」、*-al* 是名詞字尾，trial 表示「試用」。

▶ The music streaming platform, Spotify, provides a 30-days free **trial** to new customers.

音樂串流平台 Spotify 為新客戶提供 30 天免費試用。

309 **bulk**

[bʌlk]

n 大量

bulk 本義是「膨脹」（swell），和 ball（球）是同源字，球是膨脹的物體，可用 ball 輔助記憶 bulk，bulk 從「膨脹」衍生出「大量」的意思。

▶ Costco offers shoppers great deals on products purchased **in bulk**.

好市多為購物者提供批量購買產品的優惠。

310 checkout

[ˋtʃɛkˌaʊt]

n 結帳

片語動詞 check out 是「結帳」的意思，checkout 是「結帳」的名詞。

▶ Amazon is testing its cashierless **checkout** technology.

亞馬遜正在測試無收銀員結帳技術。

311 figure

[ˋfɪgjɚ]

n 數字

fig 是「成形」（form）、*-ure* 是名詞字尾，figure 表示「外形」，後來衍生出「數字」的意思，因數字有各種不同的形貌。

搭配 be projected to　預計、估計

▶ The sales **figure** is projected to drop 25% next year.

銷售數字預計明年將下降 25%。

312 millennial

[mɪˋlɛnɪəl]

n 千禧世代（西元 2000 年左右出生的人）

單字源來如此

mill- 是「千」（thousand）、*enn* 是「年」、*-ial* 是形容詞字尾，millennial 表示「千年的」，後來產生名詞用法，指「千禧世代」。

▶ **Millennials** spend more time using their mobile devices than watching TV.

千禧世代花在手機上的時間比看電視要多。

313 purchase

[ˋpɝtʃəs]

n **v** 購買

單字源來如此

pur- 本是「向前」（forward），在此作為「加強語氣的字首」使用、*chase* 是「追逐」，purchase 表示「追逐」，追逐喜愛之物，引申為「購買」。

▶ E-commerce companies have generated a big chunk of sales from **impulse purchases** during Christmas.

聖誕節期間的衝動購物潮為電商公司帶來大量銷售額。

314 boom

[bum]

n 繁榮;迅速發展

> **單字源來如此**
>
> boom 是擬聲字,表示「隆隆聲響」,是 bomb 的同源字,1871 年產生「經濟繁榮」的衍生意思。

▶ Walmart has experienced a **boom** in online sales this year.

沃爾瑪今年的線上銷售經歷了蓬勃發展。

315 logistics

[loˋdʒɪstɪks]

n 物流;運籌

> **單字源來如此**
>
> logistics 本是軍事用語,表示「部署、移動、駐紮軍隊的藝術」,商業用法上,引申為「物流」、「運籌」。

▶ Amazon is not only a major player in **logistics** services, but it's a growing provider of cloud-computing.

亞馬遜不僅是物流服務的主要參與者,且是不斷發展的雲端運算供應商。

MP3

316 **transaction**

[trænˈzækʃən]

n 交易【商業】

單字源來如此

trans- 是「跨越」（across）、*action* 是「行動」、「做」（do），transaction 字面意思是「從這頭做到那頭」，有「改變」、「交換」的衍生意，引申為「交易」。

▶ Online shoppers made ten credit-card **transactions** on average during the past year.

線上購物者去年平均進行十次信用卡交易。

317 **platform**

[ˈplætˌfɔrm]

n 平台

單字源來如此

plat 是「平的」（flat）、*form* 是「外形」，platform 表示「平坦的外形」，引申為「平台」。

▶ Amazon is a **platform** company, connecting all kinds of businesses, from e-commerce to the virtual assistant, Alexa.

亞馬遜是一家平台公司，連接各種業務，從電子商務到虛擬助理 Alexa 皆是業務範圍。

318 retailer

[ˋritelɚ]

n 零售商（店）

retail 是「切開來，小份、小包販售」，是商品供應鏈的最後一站。retailer 是「零售商」。

▶ Nearly 100 online **retailers** launched Black Friday deals on Monday.

近 100 家線上零售商週一推出了黑色星期五優惠。

319 discount

[ˋdɪskaʊnt]

n 打折；折扣【商業】

dis- 是「離開」（away）、*count* 是「計算」，discount 是「偏離定價」，實際價格低於定價，即「打折」。

▶ The airline company is offering **discounts** of up to 25% on business class fares.

該航空公司提供高達 25％的商務艙機票折扣。

320 electronics
[ɪlɛk`trɑnɪks]

n 電子產品

單字源來如此

electron 是「電子」、*-ics* 是表示「學科專業的字尾」，electronics 本指「電子學」，後指「電子產品」。

▶ Offline consumer **electronics** retailers are trying to fight off competition from Amazon.com.

線下消費電子產品零售商正努力擊退亞馬遜。

台灣人自創的「3C 產品」一詞其中的三個 C，指的是 computer（電腦）、communication（通訊）和 consumer（消費性），而英文中「consumer electronics retailers」（消費電子產品零售商）就是指全國電子、燦坤這類賣「3C 產品」的零售商。

321 exposure
[ɪk`spoʒɚ]

n 曝光

單字源來如此

ex- 是「外面」（out）、*pos* 是表示「放」（put）、*-ure* 是名詞字尾，exposure 表示「放到外面」，引申為「曝光」。

▶ Our new smartphone has received massive **exposure** on YouTube.

我們的新款智慧手機在 YouTube 上獲得了大量曝光。

 operate

[`ɑpə,ret]

v 營運;運作

oper 是「工作」（work）、*-ate* 是動詞字尾，operate 表示「工作」，引申為「營運」、「運作」。

▶ Different from Amazon, Walmart does not **operate** its own network of delivery.

與亞馬遜不同的是，沃爾瑪不營運自家的配送網絡。

 share

[ʃɛr]

n 份額

share 本義是「切」（cut），切成許多小部分，引申為「份額」。

▶片語 market share 市占率

▶ Amazon's **share** of the US e-commerce market is nearly 50%.

亞馬遜在美國電子商務市場占有率接近 50%。

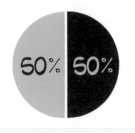

324 account for

phr. v （數量上）佔

單字源來如此

ac- = ad- 是「朝……」（to）、*count* 是「計算」，account 本義是「朝……計算」。account for 是「（數量上）佔」。

▶ Amazon **accounts for** roughly 50 percent of e-commerce sales in the U.S.

亞馬遜約**佔**美國電子商務銷售額的 50%。

325 route

[rut]

n 路線

單字源來如此

route 源自拉丁文的 rupta，本義是「破壞」（break），表示「強行開通、破壞樹林、草地所開拓出來的道路」，後來衍生為「路線」、「途徑」，也用於美國城市間幹線公路編號，如 Route 66（66 號公路）東起芝加哥西至洛杉磯，見證了美國經濟發展與移民西進的開拓史。

▶ The robots will autonomously follow their **delivery route** in the warehouse.

機器人將自動遵循倉庫中的運送路線。

326 subscription

[səb`skrɪpʃən]

n 訂購、訂閱（費）

單字源來如此

sub- 是「在……下面」（underneath）、*script* 是「寫」（write）、*-ion* 是名詞字尾，subscription 表示「寫在……下面」，意思是「讀完條款後在下方簽名」，引申為「訂購」。

▶ Google unveils Stadia, a cloud gaming **subscription service**.

Google 推出雲端遊戲訂閱服務 Stadia。

327 supply chain

n 供應鏈

單字源來如此

supply 是「供應」、chain 是「鍊子」，supply chain 表示「供應鏈」。

▶ The **supply chain** for Walmart is global.

沃爾瑪的供應鏈是全球性的。

328 **segment**

[ˋsɛgmənt]

n （群體的）部分；區隔

單字源來如此

seg 是「切」（cut）、*-ment* 是名詞字尾，segment 表示「切下來的東西」，引申為「部分」、「區隔」。

▶ Walmart acquires an adtech startup to better target market **segments** based on shopping behavior.

沃爾瑪收購了一家廣告科技新創公司，以便根據購物行為來定位市場**區隔**。

329 **profitability**

[͵prɑfɪtəˋbɪlətɪ]

n 獲利能力

單字源來如此

profit 是「利潤」、*-able* 是形容詞字尾，表示「能夠……的」、*-ity* 是名詞字尾，profitability 表示「獲利能力」。

▶ Amazon and Walmart use different strategies to optimize the **profitability** of their online sales.

亞馬遜和沃爾瑪使用不同的策略來優化他們的線上銷售**獲利能力**。

330 virtually

[ˋvɝtʃʊəlɪ]

adv （透過電腦）虛擬地

單字源來如此

virtue 本義是「男子氣概」（manliness），後指「美德」，可能和男尊女卑有關，*-al* 是形容詞字尾，virtual 也指「實質上的」，到了 1959 年語意改變，才有「虛擬的」的意思。virtually 為「虛擬地」。

▶ Amazon is planning to allow shoppers to **virtually** try on makeup before buying.

亞馬遜計劃讓購物者在購買之前虛擬試妝。

331 inventory

[ˋɪnvən,torɪ]

n 庫存；物品清單

單字源來如此

inventory 是 invent 的同源字，*in-* 是「裡面」、*vent* 是「來」，invent 表示「來到裡面」，引申為「發明」。inventory 表示「（來到裡面的）庫存」，又有「物品清單」的意思

▶ Strong demand in the cryptocurrency market resulted in a **low inventory** for graphics cards.

加密貨幣市場的強勁需求導致顯示卡的低庫存。

332 merchant

[ˈmɝtʃənt]

n 商人；批發商

單字源來如此

merch 是「交易」（trade）、-ant 是表示「人」的字尾，merchant 表示「交易的人」，引申為「商人」。

▶ The government collects sales tax from **online merchants**.

政府向網路商家徵收銷售稅。

333 retain

[rɪˈten]

v 保留；保存

單字源來如此

re- 是「後面」（back）、tain 是「握」（hold），retain 表示「握在後面」，引申為「保留」、「保存」。

▶ Online retailers offer discounts to attract and **retain customers**.

線上零售商提供折扣以吸引和留住客戶。

334 **supplier**

[sə`plaɪɚ]

n 供應商

單字源來如此

supply 是「供應」（work）、*-er* 是「做出動作者」，supplier 即「供應商」。

▶ The vast majority of Walmart's **suppliers** are in the United States.
沃爾瑪的絕大多數供應商都在美國。

MP3

335 **flag**

[flæg]

v 標記

單字源來如此

flag 本義是「豎旗」，讓人更容易辨識，引申為「標記」。

▶ Retailers may use facial-recognition technology to **flag** customers who sought refunds for stolen products.

零售商可利用臉部識別技術來標記要求就遭竊商品退款的客戶。

336 **fleet**

[flit]

n 車隊、機群

單字源來如此

fl 子音群常有「空中的擺動、飛行」、「水上的漂流」的意思，如：fly（飛）、flow（流動）、flood（洪水）、float（漂浮）等，fleet 表示漂流在河海上的「艦隊」，也可表示在空中飛行的「機群」，或在陸地上跑的「車隊」。

▶ Amazon is expanding its **air fleet** to rely less on UPS and FedEx.

亞馬遜正在擴大其機隊，以減少對 UPS 和聯邦快遞的依賴。

337 reward

[rɪ`wɔrd]

n 獎勵；回報

re- 是「加強語氣」的字首、*ward* 是「注意」（heed），reward 表示「注意」，語意幾經轉變後，產生「獎勵」、「回報」等意思。

▶ Customers can earn **rewards** with their membership card when shopping online.

顧客線上購物時可以使用會員卡獲得獎勵點數。

338 intention

[ɪn`tɛnʃən]

n 意圖、目的

in- 是「朝」（toward）、*tent* 是「延展」（stretch）、*-ion* 是名詞字尾，intention 表示「朝……延展」，引申為「意圖」、「目的」。

▶ The report shows Amazon's same-day delivery shoppers turn out to have a higher **intention** to spend on Amazon in the following 12 months.

該報告顯示，亞馬遜當日配送服務的購物者在接下來的 12 個月內有更高的消費意願。

339 **loyalty**

[ˈlɔɪəltɪ]

n 忠誠

單字源來如此

loyal 是本義是「守法的」（law-abiding），引申為「忠誠的」。loyalty 是其名詞形式，表示「忠誠」。

▶ Retailers use a variety of **customer-loyalty** programs to prevent customer churn.

零售商運用各種**客戶忠誠度**計劃來防止客戶流失。

340 **sizable**

[ˈsaɪzəb!]

adj 相當大的

單字源來如此

size 是「規模」、*-able* 是形容詞字尾，sizable 表示「具有規模的」，引申為「相當大的」。

▶ Grocery shopping is a **sizable** business for Walmart.

食品雜貨購物對沃爾瑪來說是一項**相當大的**業務。

341 refund

[rɪ`fʌnd] **n** **v** 退款

單字源來如此

re- 是「回去」（back）、fund = fus 是「倒」（pour），refund 表示「倒回去」，後指「退回」，衍生出「退款」的意思。

搭配 be entitled to　有權利、符合資格

▶ Passengers **are entitled to a refund** due to pilot strikes.

由於飛行員罷工，乘客有權獲得退款。

▶ If you find any item cheaper elsewhere, we will **refund the difference** up to 7 days after your order.

如果您發現其他地方的物品價格更便宜，我們會在您訂購後的 7 天內退還差價。

342 apparel

[ə`pærəl] **n** 服裝

單字源來如此

ap- 是「去……」（to）、parel 是「準備好」（make ready），apparel 表示「去……準備好」，特指「準備好要穿的衣物」，引申為「服裝」。

▶ Amazon is leading the industry in online **apparel** shopping.

亞馬遜正引領線上服裝購物產業。

cargo

[ˋkɑrgo]

n （飛機、輪船上的）貨物

單字源來如此

car 是「車子」，車子有運輸貨物的功能，cargo 表示「（飛機、輪船上的）貨物」。

▶ Amazon has invested in **air cargo operations** to bolster its distribution network.

亞馬遜已投資航空貨運營運，以加強其配銷網絡。

grocery

[ˋgrosərɪ]

n 食品雜貨

單字源來如此

groc 是「總共」（gross）、*-er* 是表示「人」的名詞字尾、*-y* 是名詞字尾，grocer 表示「批發商」（wholesale merchant），grocery 是批發商所賣的「食品雜貨」。

▶ Amazon introduced a **grocery store** without cashiers.

亞馬遜推出了一家沒有收銀員的食品雜貨店。

345 merchandise

[ˋmɝtʃən‚daɪz]

n 商品、貨物

單字源來如此

merchandise 是 merchant（商人）所販售的「商品」、「貨物」。

▶ The sales of **luxury merchandise** are set to fall by 5% in December.

12 月份奢侈品銷售額將下降 5%。

▶ There is a lot of **merchandise** for sale in the warehouse.

倉庫裡有很多商品待售。

346 random

[ˋrændəm]

adj 任意的；隨機的

單字源來如此

ran 是「跑」（run），random 表示「到處跑」，引申為「任意的」、「隨機的」。

▶ Buying some **random** and cheap health supplement food on the Internet can be harmful.

在網上購買一些隨意挑選和廉價的健康補充食品是有害的。

347 **pilot**

[ˋpaɪlət]

v（新產品銷售前的）試驗

單字源來如此

pilot 本義是「駕船者」、後來衍生出「飛行員」的意思。pilot 在研究實驗上，指「前測」；在產品銷售上，指「試驗」。

▶ Walmart is now **piloting** a delivery program using autonomous-driving vans.

沃爾瑪現在正利用自動駕駛貨車**試驗**配送計劃。

348 **upscale**

[ˋʌpˌskel]

adj 高檔的、高級的（產品或品牌）

單字源來如此

up 是「往上」、*scale* 是「用磅秤量測」，upscale 是「磅秤測量數值往上提升」，引申為「高檔的」、「高級的」。

▶ Amazon's new stores would be distinct from its **upscale** Whole Foods Market brand.

亞馬遜的新店將會與其**高檔的** Whole Foods Market 品牌截然不同。

349 **warehouse**

[ˋwɛr͵haʊs]

n 倉庫

單字源來如此

ware 是「待售商品」，warehouse 是放待售商品的「倉庫」。

▶ Amazon's robots carry shelves of goods around **warehouses**.

亞馬遜的機器人在倉庫來回搬運貨架。

350 **bleak**

[blik]

adj 黯淡的

單字源來如此

bleak 本義是「白的」（white, pale），1530 年代產生「荒涼的」的意思，之後在商業用法上，更產生「慘淡的」的意思。

▶ The future for cashless stores looks **bleak** after San Francisco forbids Amazon Go from refusing to accept cash.

在舊金山禁止 Amazon Go 拒絕接受現金後，無現金商店的前景黯淡。

MP3

 **coupon**

[`kupɑn]

n 優惠券

單字源來如此

coupon 本義是「切」（cut），許多優惠券都須從廣告頁上剪裁、切割下來使用。

▶ By using **coupons**, you can save up to 80% on selected Xmas presents.

使用**優惠券**，您在精選聖誕禮物可以節省高達 80%。

 **catalog**

[`kætələɔg]

n（商品）目錄

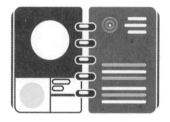

單字源來如此

cata- 是「往下」（down）、*log* 是「說」，catalog 表示「往下說」，引申為介紹商品的「目錄冊」。

▶ Amazon mailed out its first toy **catalog** to millions of customers.

亞馬遜向數百萬客戶郵寄其首份玩具目錄。

高頻字　中頻字　低頻字

353 spree

[spri]

v 狂歡；短暫的放縱

單字源來如此

spr 子音群有「噴灑」的意思，也有「活潑（歡樂）」的意思，spree（狂歡、短暫的放縱）即為一例。

▶ Amanda **went on a shopping spree** on Friday night.

阿曼達週五晚上瘋狂地採購一番。

354 foray

[`fɔre]

n 初次涉足、初次嘗試

單字源來如此

foray 本義是「掠奪性的入侵」，後來語意轉正面，有「初次涉足」、「初次嘗試」等衍生意思。

▶ Alibaba has launched **forays into** the finance and hotel industries.

阿里巴巴已開始涉足金融和旅館業。

MP3

355 **burgeoning**

['bɝdʒənɪŋ]

adj 迅速發展的

單字源來如此

burgeon 是「植物發芽」，burgeoning 引申為「迅速發展的」。

▶ Big global brands use JD.com's and Alibaba's platforms to reach China's **burgeoning middle class**.

大型全球品牌使用京東和阿里巴巴的平台來接觸中國迅速發展的中產階級。

356 **satisfaction**

[ˌsætɪsˈfækʃən]

n 滿意

單字源來如此

satis 是「滿意」、fact 是「做」、-ion 是名詞字尾，satisfaction 表示「滿意」。

▶ Costco has been ranked the best for online shopper **customer satisfaction** in the U.S. market.

好市多在美國市場線上購物者的顧客滿意度中排名第一。

357 long-haul
[`lɔŋhɔl]

adj 長途的

單字源來如此

haul 是「拖」（pulling），long-haul 表示「長途拖行」，語意擴增後當「長途的」解釋。

▶ The rise of online shopping has led to a shortage of **long-haul** truck drivers.

網路購物的興起導致長途卡車司機短缺。

358 cater
[`ketɚ]

v 滿足或提供願望／需求

單字源來如此

cater 是「抓」（grasp）的意思，抓住某人的心，引申出「滿足或提供願望／需求」。

▶ Amazon provides a variety of services to **cater** to online shoppers.

亞馬遜提供各種服務，以滿足線上購物者。

MP3

359 **slot**

[slɑt]

n （為活動安排的）時段

單字源來如此

slot 常見意思是「狹槽」、「投幣口」，而在時刻表（timetable）上佔一個位置，即表示「時段」。

▶ Customers can shop online and pick a **time slot** for their order delivery.

客戶可以線上購物並為他們的訂單配送選擇一個時段。

360 **brick-and-mortar**

[ˌbrɪkənˈmɔrtə]

adj 實體的（店面）【同】offline

單字源來如此

以前的商店都是「實體店」，但自從「網路商店」興起後，就以 brick-and-mortar 來和網店做區別，brick（磚）和 mortar（灰泥）都是重要建築材料，用來代指「實體的店面」。

▶ Tesla plans to close its **brick-and-mortar stores** and only sell cars online.

特斯拉計劃關閉實體店並僅在線上銷售汽車。

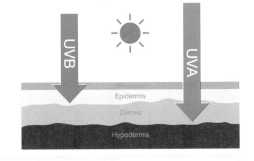

361 undercut

[ˋʌndɚ͵kʌt]

v 削價競爭;報價低於對手

單字源來如此

undercut 表示「從下面截斷」,商業用語,引申為「削價競爭」。

▶ E-commerce retailers can **undercut** supermarkets.

電子商務零售商能賣得比超市便宜。

362 penetration

[͵pɛnəˋtreʃən]

n 滲透

單字源來如此

penetr 是「進入」、*-aion* 是名詞字尾,penetration 表示「進入」,引申為「滲透」。

▶ Clothing has a high online sales **penetration rate**.

服飾的線上銷售滲透率很高。

363 **redeem**

[rɪ`dim]

v 兌換

單字源來如此

red- = *re-* 是「回來」（back）、*eem* 是「拿」（take），redeem 表示「拿回」，引申為「兌換」。

▶ You can open the app and scan a bar code to **redeem** the discount.
您可以打開 App 並掃描條碼以**兌換**折扣。

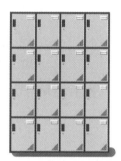

364 **locker**

[`lɑkə]

n （公共場所的）儲物櫃

單字源來如此

lock 是「上鎖」、*-er* 是名詞字尾，locker 表示「（公共場所的）儲物櫃」，可以上鎖。

▶ You can pick up items you've ordered on Amazon by using Amazon **Lockers** located in convenience stores.
您可以使用位於便利店的亞馬遜**儲物櫃**來獲取您在亞馬遜上訂購的商品。

365 **receipt**

[rɪˋsit]

n 發票、收據

re- 是「回來」（back）、*ceipt* 是「拿」，receipt 是「（拿到商品後，也順道拿回來的）發票、收據」。

▶ You can print the **receipt** from the website after the seller confirms your payment.

賣家確認付款後，您可以從網站列印收據。

366 **bundle**

[ˋbʌnd!]

n 搭售組合、同捆組

bund 核心語意即「綑綁」，和 bind（捆，綁）、bond（聯繫）、band（箍）都同源，bundle 表示「搭售組合」、「同捆組」。

▶ This **bundle** includes the Nintendo Switch console and two games.

這搭售組合包括任天堂 Switch 主機和兩款遊戲。

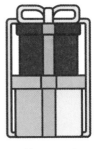

Gift Bundle

MP3

367 ecosystem

[`ɛko͵sɪstəm]

n 生態系統

單字源來如此

eco 是「生態」、*system* 是「系統」，ecosystem 表示「生態系統」。

▶ Technology allows brands, such as Amazon, Google and Alibaba, to build up their own **ecosystems**, offering a range of services.

科技讓亞馬遜、Google、阿里巴巴等品牌建立自己的**生態系統**，提供一系列服務。

368 installment

[ɪn`stɔlmənt]

n 分期付款的一期

單字源來如此

in- 是「裡面」、*stall* 是「地方」（place）、*-ment* 是名詞字尾，installment 表示「放到某地方裡面」，在商業用法上，表示「固定把錢放到某地方裡面」，引申為「分期付款的一期」。

▶ Readers can **pay by / in installments** for the subscription fee of the journal.

讀者可以**分期支付**期刊的訂閱費。

369 streamlined

[ˋstrimˏlaɪnd]

adj 調整（組織流程）以提升效率的；流線型的

單字源來如此

stream 是「流動」、*line* 是「線」、*-ed* 是過去分詞字尾，streamlined 表示「流線型的」，物體如果設計成流線型，會受到較小的阻力，引申出「調整（組織流程）以提升效率的」的意思。

▶ Costco keeps its inventory **streamlined**, so it is able to offer low prices on products.

好市多保持其庫存效率，因此能夠為產品提供低價格。

370 behemoth

[bɪˋhiməθ]

n 龐然大物；大公司

單字源來如此

在《聖經・約伯記》中提到 behemoth 是一種形狀類似河馬的巨獸，引申為「龐然大物」、「大公司」。

▶ Online **behemoth** Amazon continues to make record profits this year.

線上大公司亞馬遜今年持續獲利創紀錄。

MP3

371 churn

[tʃɝn]

n （顧客）流失

churn 是「劇烈攪動」，在商業用法上有「（顧客）流失」的意思。

▶ **Churn prevention** aims to ensure customers visit the online shop again.

流失預防目的在確保客戶會再次造訪線上商店。

372 static

[ˋstætɪk]

adj 靜態的

stat 是「站」、*-ic* 是形容詞字尾，static 表示「站著的」，引申為「靜態的」。

▶ Amazon Kindle's e-ink displays are great at showing **static text** at high resolutions.

亞馬遜 Kindle 的電子墨水顯示器非常適合以高解析度顯示靜態文字。

NO SIGNAL

liquidate

[ˋlɪkwɪˏdet]

<u>v</u> 清算

單字源來如此

liquid 是「液體」、*-ate* 是動詞字尾，liquidate 表示「使成為液體」，可以用液體具有「流動性質」來聯想，有「讓資產流掉」的語意產生，商業用法上，引申為「清算」。

▶ Toys R Us has **liquidated** its assets in 2018.
玩具反斗城已於 2018 年清算其資產。

upend

[ʌpˋɛnd]

<u>v</u> 使顛倒；顛覆

單字源來如此

把尾端（end）放到上面（up），表示「使顛倒」、「顛覆」。

▶ Alibaba has **upended** the retail industry in China.
阿里巴巴已顛覆了中國的零售業。

 MP3

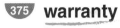 **375** **warranty**

[`wɔrəntɪ]

n 保固

▶ The company offers a three-year **warranty** on all products.

該公司對所有產品提供三年保固。

376 assortment

[ə`sɔrtmənt]

n 各種各樣

單字源來如此

as- = *ad-* 是「去」（to）、*sort* 是「種類」（kind）、*-ment* 是名詞字尾，assortment 表示「依種類去劃分」，引申為「各種各樣」。

▶ The online store sells **a larger assortment of items**.

網上商店販售各種各樣的商品。

377 plateau

[plæ`to]

n （成長後的）平穩期、停滯期

單字源來如此

plat 是「平坦的」（flat），plateau 來自法語，指「地勢高而平坦的地形」，即「高原」，1897 年後產生「沒有進展的階段」這個語意，引申為「平穩期」、「停滯期」。

▶ The sales of the new smartphone **reached a plateau**.

新智慧型手機的銷量達到停滯期。

MP3

378 **snap up**

phr. v 搶購

單字源來如此

snap 常用來指「突如其來的動作」，如：「突然折斷」、「快照」等。snap up 表示「搶購」。

▶ Consumers seek to **snap up** bargains on Black Friday.

消費者在黑色星期五搶購便宜貨。

379 **patronage**

[ˋpætrənɪdʒ]

n 光顧、惠顧【商業】

單字源來如此

patron 是「贊助者」、「老顧客」、*-age* 是名詞字尾，patronage 表示「光顧」。

▶ The restaurant rewards top customers with movie tickets, encouraging their future **patronage**.

餐廳透過送電影票獎勵頂級顧客，鼓勵他們未來的光顧。

380 giveaway

[ˋgɪvəˏwe]

n 贈品

單字源來如此

片語動詞 give away 是「贈送」的意思，giveaway 是其名詞形式，表示「贈品」。

▶ The online retailer offered **giveaways** to new customers.

線上零售商向新客戶提供贈品。

381 duopoly

[djuˋɑpəlɪ]

n 雙頭壟斷

單字源來如此

duo- 是「雙」（two）、*poly* 是「賣」（sell），duopoly 表示「兩家在賣」，在商業用法上，表示「雙頭壟斷」。

▶ Amazon is trying to build a last-mile delivery service to depose UPS and FedEx's **duopoly**.

亞馬遜試圖建立運送服務的最後一哩路，以廢除優比速和聯邦快遞的雙頭壟斷。

MP3

382 **double down**

phr. v（撲克牌 21 點中的）加倍下注、加倍投入

單字源來如此

double down 指的是「玩家在玩 21 點（blackjack）時，趁著自己手裡的牌好，加倍下賭注，以得到再抽一張牌的機會」。

▶ JD.com is **doubling down** on its technology innovations in an effort to better compete with Alibaba.

為了加強與阿里巴巴的競爭力，京東正加倍投入技術創新。

383 **outstrip**

[ˌaʊtˋstrɪp]

v 超過、勝過

單字源來如此

out 是「離開」、*strip* 是「快速移動」（move quickly），outstrip 表示「快速移動離開」，引申為「超過」、「勝過」。

▶ As online sales surge, package volumes may **outstrip** logistics companies' shipping capacities.

隨著線上銷售激增，包裹數量可能超過物流公司的運送能力。

384 kiosk

[kɪˋɑsk]

n 提供各種訊息的機器（原指車站廣場的書報攤）

單字源來如此

kiosk 源自波斯語，表示「無人值守的亭狀簡易建築物」，約在 17 世紀時引進西歐，當作花園或公園裡的裝飾，具有觀賞功能，後來逐漸發展成具有交互性能的信息服務站，現在更有「提供各種訊息的機器」的意思。

▶ McDonald's is installing order-taking **kiosks** at more stores.

麥當勞正在更多店面安裝點餐資訊機。

385 lean on

phr. v 憑借；依靠

單字源來如此

lean 是「傾斜」、on 是「在……之上」，lean on 表示「傾斜在……之上」，引申為「憑藉」、「依靠」。

▶ Walmart **leans on** its strong brick-and-mortar footprint to compete with Amazon.

沃爾瑪**依靠**其強大的實體足跡與亞馬遜競爭。

  MP3

386 target audience

n 目標受眾；目標客群

單字源來如此

target 是「目標」、audience 是「觀眾」、「聽眾」，target audience 表示「目標受眾」、「目標客群」。

▶ The campaign aims to reach a **target audience** of millennials through digital channels.

該活動目的在透過數位管道觸及千禧世代的目標受眾。

387 fortify

[ˈfɔrtə,faɪ]

v 加強、增強（尤指為了防禦）

單字源來如此

fort 是「強壯的」（strong）、*-ify* 是「使……」（make），fortify 表示「使變得強壯」，引申為「加強」、「增強」。

▶ FedEx is **fortifying** its infrastructure to handle the expected surge in parcel volume.

聯邦快遞正在加強基礎設施，以應對預期的包裹數量激增。

388 cashier

[kæ`ʃɪr]

n 收銀員、出納員

單字源來如此

cash 是「現金」、-ier 是「人」（place），cashier 表示「收現金的人」，引申為「收銀員」、「出納員」。

▶ He works as a **cashier** at a local grocery store.

他在當地一家雜貨店擔任收銀員。

389 cannibalize

[`kænəb!ˌaɪz]

v 衝擊；降低（現有產品或服務的銷售）【商業】

單字源來如此

cannibal 源自西班牙語，是「食人肉者」的意思、-ize 是動詞字尾，cannibalize 在商業用法上，是表示製造商出了新產品「衝擊、降低（現有產品或服務的銷售）」，彷彿「吃掉」現有產品的銷售量。

▶ Costco's CFO says a click-and-collect program like Walmart could **cannibalize** in-store sales.

好市多財務長表示，像沃爾瑪這樣的點擊—取貨計劃，可能會衝擊實體店內銷售。

390 B2B / B2C

adj 企業對企業者的／企業對消費者的

B2B 是 business-to-business（企業對企業的）；B2C 是 business-to-consumer「企業對消費者的」。

▶ The **B2B** company is shifting its strategy, entering the **B2C** market.

該 **B2B** 公司正在轉變策略，進入 **B2C** 市場。

391 restock

[rɪ`stɑk]

v 補貨、重新進貨

re- 是「再一次」（again）、*stock* 是「儲備」，restock 表示「再次儲備」，引申為「補貨」、「重新進貨」。

▶ Walmart uses AI-powered cameras to determine when to **restock** products and monitor inventory levels.

沃爾瑪使用人工智慧攝影機來決定何時補貨和監控庫存水平。

392 jack up

phr. v （突然大幅）抬高（價格）

單字源來如此

jack 是「千斤頂」、「起重器」，其功能是把重物給舉起。jack up 是「（突然大幅）抬高（價格）」。

▶ The EC company **jacks up** shipping prices without warning.

該電商公司毫無預警地提高運費。

393 max out

phr. v 刷爆

單字源來如此

max 當動詞用，可能來自 maximize（使最大化）一字，max out 表示「做得盡可能多（或過多）」，商業用語表示「刷爆」。

▶ I have **maxed out** two credit cards during the Black Friday sale.

在黑色星期五特賣期間，我已經刷爆了兩張信用卡。

MP3

394 closeout

[`kloz,aʊt]

n 清倉拍賣【商業】

單字源來如此

closeout 表示「用低價把商品出售出去」，即「清倉拍賣」。

▶ Some Christmas **closeout sales** will begin on Dec. 23.

一些聖誕節清倉銷售將於 12 月 23 日開始。

395 pre-order

[,pri`ɔrdɚ]

v 預訂、預購

單字源來如此

pre- 是「在……前」（before）、*order* 是「訂購」，pre-order 表示「預定」、「預購」。

▶ The new iPhone is available to **pre-order** on Amazon.

新款 iPhone 可在亞馬遜上預訂。

PRE-ORDER FOOD

396 omni-channel

[,ɑmnɪ`tʃæn!]

n 全通路、全方位通路

單字源來如此

omni- 是「全部」（all）、*channel* 是「通路」，omni-channel 表示「全通路」、「全方位通路」。

▶ Walmart adopts an **omni-channel strategy** to better integrate their brick-and-mortar stores and e-commerce channels.

沃爾瑪採用全通路策略，以增進整合他們的實體店面和電子商務通路。

397 shoplift

[`ʃɑp,lɪft]

v 在商店內偷東西

單字源來如此

shop 是「商店」、*lift* 本是「舉起」（raise），1520 年代後有「偷」（steal）的意思，shoplift 表示「在商店內偷東西」。

▶ Amazon Go's system is so robust that **shoplifting** is nearly impossible.

亞馬遜 Go 的系統非常健全，在店內偷竊商品幾乎是不可能的。

企業與專業管理

398 **executive**

[ɪgˋzɛkjʊtɪv]

n 公司高層、高階主管

單字源來如此

ex- 是「外面」（out）、*(s) ecu* 是「跟隨」（follow）、*-ive* 是形容詞字尾，executive 表示「跟隨到外面的」，引申為「執行的」、「管理的」。當名詞用時，表示「公司高層」、「高階主管」。

▶ The **executives** hope the application of AI will boost EC sales.

高階主管們希望人工智慧的應用能夠促進電商銷售。

399 **board**

[bord]

n 董事會、委員會

單字源來如此

board 是「薄木板」，衍生出「桌子」（table）的語義，桌子是開會決策常用到的設備，引申出「委員會」、「董事會」等意思。

▶ Warren Buffett has decided to retire from the **board** of Kraft Heinz.

華倫巴菲特已決定退出卡夫亨氏的董事會。

400 **program**

[`progræm]

n 計劃

單字源來如此

pro- 是「向前」（forth）、*gram* 是「寫」（write），program 表示「向前寫」，引申為「計劃」。

▶ More than 100 companies participate in the **program**.

超過 100 家公司參與該計劃。

401 **funding**

[`fʌndɪŋ]

n 資金

單字源來如此

fund 是「為……提供資金」、*-ing* 是動名詞字尾，funding 表示「資金」。

▶ Musk planned to **secure funding** by taking Tesla private.

馬斯克計劃透過將特斯拉私有化來**確保資金**到位。

402 qualified
[ˋkwɑləˏfaɪd]

adj 有資格的

單字源來如此

quality 是「品質」、*-ify* 是「使」（make），qualify 表示「使⋯⋯具有品質」，引申為「（使）具有資格」。qualified 是「有資格的」。

▶ I believe this candidate is **qualified** for the position of project manager.

我相信這位候選人有資格勝任專案經理。

403 entrepreneur
[ˏɑntrəprəˋnɝ]

n （承擔風險的）創業家、企業家

單字源來如此

entre 是「在⋯⋯中間」（between）、*pren* = *pris* 是「拿取」（take）、*-eur* = *-or* 是「人」，entrepreneur 表示「將工作掌握在手中的人」，引申出「從事⋯⋯工作者」等意思，1852 年才有類似今日「商務經理」（business manager）的意思，後來產生了「企業家」的意思。entrepreneur 是法文借字，和 enterprise（企業；進取心）是同源字。

▶ Steve was one of the technology **entrepreneurs** of the late 90's who easily raised funds due to the dotcom bubble.

史帝夫是 90 年代後期因網路泡沫而輕易籌集到資金的科技企業家之一。

404 infrastructure

[ˋɪnfrə,strʌktʃɚ]

n 基礎建設；基礎架構

單字源來如此

infra- 是「在 …… 下 面」（below, beneath）、*structure* 是「建 設」，
infrastructure 表示「在下面的建設」，引申出「基礎建設」等意思。

▶ The new project will improve the city's **infrastructure**.

新計劃將改善該城市的基礎建設。

405 kick-off

[ˋkik,ɑf]

n **v** 【口】（社交活動）開始；足球開球

單字源來如此

片語動詞 kick-off 指開始進行「活動」、「會議」、「足球比賽」等，如：
"The match kicked-off at ten this morning." ，加了「連字號」（-）形成名詞。

▶片語 project kick-off meeting　專案啟動會議

▶ This weekend **kicks-off** the 10th annual charity auction for a steak lunch with Warren Buffett.

與巴菲特共進牛排午餐的第 10 屆年度慈善拍賣會將於本週末登場。

406 goal
[gol]

n 目標

以前有「比賽的終點」（end point of a race）的意思，引申為「目標」。

▶ **Goal setting** is the key to effective project management.

目標設定是有效專案管理的關鍵。

407 allowance
[əˋlaʊəns]

n 津貼、補助

allow 是「允許」、「給予」、*-ance* 是名詞字尾，allowance 表示「允許或給予使用的金錢」，引申出「津貼」、「補助」等意思。

▶ Employees relocating to New York can receive an **accommodation allowance**.

搬遷到紐約的員工可以獲得住宿津貼。

408 scrutiny

[ˋskrutnɪ]

n 嚴格檢查、仔細檢查

單字源來如此

scrutiny 是「搜查」（search）、「詢問」（inquiry），引申出「仔細檢查」等意思。

▶ Facebook is facing growing **scrutiny** from Congress.

臉書正面臨美國國會越來越嚴格的**審查**。

409 practice

[ˋpræktɪs]

n 實踐、實務、慣例

單字源來如此

practice 的核心意思是「做」（do），引申出「實踐」、「練習」、「訓練」等意思。

▶ Communicating project plans with key stakeholders is one of the **best practices** in project management.

與主要利害關係人溝通專案計劃是專案管理的最佳實踐之一。

410 consulting

[kən`sʌltɪŋ]

n 諮詢、顧問

單字源來如此

con- 是「一起」（together）、*sult* 是「聚集」（gather），consult 表示「聚集在一起（詢問意見）」，引申出「諮詢」、「顧問」等意思

▶ McKinsey & Company is a global **consulting firm**.
麥肯錫是一家全球顧問公司。

411 estimate

[`ɛstə,met]

n 估算值

單字源來如此

estim 是「給⋯⋯估價」（value）、*-ate* 是動詞字尾，estimate 表示「估價」，當名詞用時，表示「估算值」。

▶ Apple refused to provide sales **estimates for** the new iPhones.
蘋果公司拒絕提供新 iPhone 的銷售估算。

412 enterprise

[ˋɛntɚ͵praɪz]

n 組織、公司企業

單字源來如此

enter 是「在……中間」（between）、*prise* 是「拿取」（take），enterprise 表示「將工作掌握在手中」，引申出「組織」、「公司企業」等意思。

▶ The company is a provider of open source software and services for **enterprise customers**.

該公司是企業客戶開源軟體及服務的供應商。

413 operation

[͵ɑpəˋreʃən]

n 營運、運作、運轉

單字源來如此

oper 是「工作」（work）、*-ation* 是名詞字尾，operation 表示「在工作」，引申出「營運」、「運作」、「運轉」等意思，

▶ The project has been deployed but it is not **in commercial operation**.

該計劃已部署但未進行商業營運。

414 financing

[fə`nænsɪŋ]

n 財務調度

單字源來如此

fin 表示「結束」（ending）、*-ance* 是名詞字尾、*-ing* 是動名詞字尾，financing 表示「結束」，原指「結束債務」，後指「財務調度」。

▶ The bank agreed to **provide financing** for a new project.

該銀行同意為新的專案計劃提供財務調度。

415 compliance

[kəm`plaɪəns]

n 遵從、符合（規範）

單字源來如此

com- 是加強語氣的字首、*pli* 是「填滿」（fill）、*-ance* 是名詞字尾，compliance 表示「填滿」，隱含「完成」的意思，引申出「遵從」、「符合（規範）」的意思。

▶ **Compliance** ensures projects are executed within the overall objectives.

合規性確保專案能在總體目標內執行。

MP3

416 headquarters

[ˋhɛdˋkwɔrtɚz]

n 總部

headquarters 本是「軍隊指揮官所住的地方」，引申出「總部」的意思，恆用複數型。

▶ Amazon's **headquarters** is located in Seattle.

亞馬遜的總部位於西雅圖。

417 monitor

[ˋmɑnətɚ]

v 監督；監測

monitor 是「監督員」，動詞的意思是「監督」、「監測」等意思。

▶ **Monitoring** project progress aims to make sure tasks are completed accordingly.

監督專案進度目的在確保任務相應地完成。

418 sprint

[sprɪnt]

n 衝刺，指敏捷式開發中的開發週期，通常為一到兩週

單字源來如此

spr 子音群有「噴灑」的意思，也有「用全速奔跑」的意思，sprint（衝刺）即為一例。敏捷式開發中的 sprint 借自英式橄欖球術語，指短距離全力衝刺，逐步累積短期目標，最後才能順利達陣得分。

▶ Tasks must be completed in every **sprint**.
任務必須在每個開發衝刺中完成。

419 task

[tæsk]

n 任務（尤指辛苦的工作）

單字源來如此

task 是「任務（尤指辛苦的工作）」，含有字母 a 的單字通常有表示「大」的意思，如：mass（大眾的）、vast（大量的）、macro（巨大的），task 也不例外，表示「很大、很艱困的任務」。

▶ Overseeing Mr. Musk would be a **monumental task** for the new chairman.
監督馬斯克先生對新任董事長來說將是一項重大任務。

MP3

420 **oversight**

[ˋovɚˏsaɪt]

n 監督；監察

單字源來如此

over- 是「在……上方」、*sight* 是「看」（see），oversight 字面上的意思是「在……上方看」，因此有「監督」的引申意思。

搭配 call for　呼籲

▶ The report calls for more **oversight** of the contractors.

該報告呼籲對承包商進行更多監督。

421 **transition**

[trænˋzɪʃən]

n 移轉；過渡

單字源來如此

trans- 是「跨越」（across）、*it* 是「走」（go）、*-ion* 是名詞字尾，transition 表示「走過去」，引申出「轉移」、「過渡」等意思。

▶ The **transition** plan identifies the team's responsibilities when the project transits from the implementation phase to the maintenance phase.

移轉計劃確定了專案從實施階段過渡到維護階段時的團隊責任。

422 purpose

[ˋpɝ-pəs]

n 目的、目標

單字源來如此

pur- 是「向前」（forth）、*pos* 是「放」（put），purpose 表示「向前放」，引申出「（置於前面的）目的、目標」的意思。

▶ One of the **purposes** of project management is to foresee as many problems and risks as possible.

專案管理的目的之一是盡可能地預見問題和風險。

423 schedule

[ˋskɛdʒʊl]

n 時程、進度

單字源來如此

schedule 本指「書面文件」（written document），1863 年才有「（火車）時刻表」的意思，引申為「時程」、「進度」

▶ The project is **behind schedule**.

該專案進度落後。

MP3

424 networking

[ˋnɛtˌwɝkɪŋ]

n 人脈建立

單字源來如此

network 是「網狀系統」，動詞是「建立人脈」的意思，networking 是其名詞形式。

▶ **Networking** helps you to get new ideas, improving your chances of project success.

建立人脈可以幫助你獲得新想法，提高專案成功的機會。

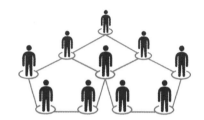

425 transfer

[trænsˋfɝ]

v 移轉

單字源來如此

trans- 是「跨越」（across）、*fer* 是「帶」（carry），transfer 表示「帶過去」，引申為「移轉」。

▶ Companies are not allowed to **transfer** customers' data to third parties.

公司不得將客戶的資料移轉給第三方。

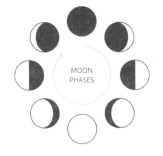

426 **phase**

[fez]

n 階段

phase 本指「（月亮的）位相、盈虧」，引申為「階段」。

▶ The project is currently in the **testing phase**.

該計劃目前正處於測試階段。

427 **resolution**

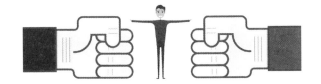

[ˌrɛzəˈluʃən]

n 決議

re- 是「加強語氣」的字首、*solut* 是「鬆」（loose）、*-ion* 是名詞字尾，resolution 表示「鬆開」，將東西鬆解成小部分，需要專注力和決心，引申出「決議」的意思。

▶ The board **passed a resolution** confirming Tim Cook as the new CEO.

董事會通過決議確認庫克為新任執行長。

428 motion

[ˋmoʃən]

n 臨時動議

單字源來如此

mot 是「移動」（move）、*-ion* 是名詞字尾，motion 表示「移動」，引申出「臨時動議」的意思。

▶ The project manager **proposed a motion** to increase the budget for next year.

專案經理提出了一項增加明年預算的臨時動議。

429 branch

[bræntʃ]

n 分公司

單字源來如此

branch 本指「（分岔的）樹枝」，引申出「分公司」的意思。

▶ The company will **open a branch** in New York City next month.

該公司將於下個月在紐約開設分公司。

高頻字

中頻字

低頻字

430 procurement

[prə`kjurmənt]

n 採購

單字源來如此

pro- 是「代表」（in behalf of）、*cure* 是「照顧」（care for）、*-ment* 是名詞字尾，procurement 表示「代為照顧」，商業上指「（替公司）採購」。

▶ The company has revamped its **procurement process**.

該公司已經改進了採購流程。

431 conglomerate

[kən`glɑmərɪt]

n 企業集團；聯合大型企業

單字源來如此

con- 是「一起」（together）、*glomer* 是「球狀物」（globe），conglomerate 本義是「匯聚成球狀」、「團狀」（mass），商業上指「企業集團」。

▶ Jack Ma's Ant Financial is becoming a large financial **conglomerate** as it has built up a wide range of businesses, such as fund management, consumer lending, and crowdfunding.

由於建立基金管理、消費貸款、眾籌等廣泛業務，馬雲的螞蟻金服漸漸成為一家大型金融集團。

432 corporation

[ˌkɔrpəˈreʃən]

n （大）公司；法人團體

單字源來如此

corpor 是「整體」、*-ation* 是名詞字尾，corporation 通常指「（由許多部門或小公司所組成的）大公司、集團公司」。

▶ It is a large U.K.-based **multinational corporation** in the food and beverage sector.

它是一家位於英國的大型食品和飲料業跨國公司。

433 engage

[ɪnˈgedʒ]

v 參與（互動）

單字源來如此

en- 是「裡面」（in）、*gage* 是「誓言」（pledge），engage 表示「在誓言當中」，engaged 有「已訂婚的」的意思，後來語意淡化，指「參與（互動）」。

▶ A project manager frequently has to rely on **engaging with** stakeholders to achieve objectives.

專案經理經常必須依靠與利害關係人互動來實現目標。

434 governance

[`gʌvə·nəns]

n 治理;管理方式

單字源來如此

govern 是「統治」、*-ance* 是名詞字尾,governance 表示「治理」、「管理方式」。

▶ **Governance** is the infrastructure that surrounds projects dealing with responsibility and accountability.

治理是專案中關於責任與可責性的基礎架構。

CORPORATE
GOVERNANCE

435 scope

[skop]

n 範圍

單字源來如此

scope 是源自於字根 *spect*(看),表示「(可以看到的)範圍」。

▶ Defining **scope**, which develops a detailed description of the project and product, will help the team to stay on target.

定義範圍,制定專案和產品的詳細描述,將有助於團隊保持目標。

MP3

436 audit

[ˋɔdɪt]

n 稽核、審核【會計】

單字源來如此

aud- 是「聽」，audit 表示「聽帳」，以前查帳是聽人口述帳目，引申出「稽核」、「審核」的意思。

▶ The internal **audit team** can work with stakeholders to enhance organizational influence.

內部稽核團隊可以與利害關係人合作，以提高組織影響力。

437 accelerate

[ækˋsɛləˌret]

v 加速

單字源來如此

ac- = *ad-* 是「朝……」（to）、*celer* 是「加快」（hasten）、*-ate* 是動詞字尾，accelerate 表示「加速」。

▶ NASA wants an extra budget to **accelerate** a new Moon project.

美國太空總署要求額外預算來加速新的月球計劃。

438 merge

[mɝdʒ]

v 合併

merge 本義是「陷入」（sink），但這個語意已經消失，現今的意思是「合併」。

▶ The two telecom giants announced they plan to **merge**.

這兩家電信巨頭宣布他們計劃合併。

439 bonus

[`bonəs]

n 獎金、紅利

bonus 是「好的」（good），引申為「獎金」、「紅利」。

▶ The company issues each employee a **bonus** of $2,000 in stock.

該公司向每位員工發放 2000 美元股票的獎金。

MP3

440 colleague

[kɑ`lig]

n 同事、同僚

單字源來如此

col- = *com-* 是「一起」（together）、*league* 是「挑選」，colleague 表示「挑選一起（來當同事）」，引申為「同事」、「同僚」。

▶ My **colleague** is on leave today.

我同事今天休假。

441 precious

[`prɛʃəs]

adj 珍貴的、寶貴的

單字源來如此

prec 即 *price*，表示「價錢」、*-ous* 是形容詞字尾，precious 本義是「昂貴的」（costly），語意幾經轉變，現在有「珍貴的」、「寶貴的」等意思。

▶ For employees feeling excessive stress, happiness has become a **precious commodity** in the workplace.

對於感到壓力過大的員工，快樂已成為職場的**寶貴商品**。

442 affiliated

[ə`fɪlɪˌetɪd]

adj 附屬的、相關的

AFFILIATE LINK

▶ Some companies tend to reassign top executives to **affiliated companies** before their full retirement.

一些公司往往會在高階主管完全退休前，將他們重新分派到關係企業。

443 objective

[əb`dʒɛktɪv]

n （具體）目標

▶ Project leaders must **set clear objectives** that every member subscribes to.

專案負責人必須設定每位成員認可的明確目標。

MP3

444 criteria

[kraɪˋtɪrɪə]

n 【複】準則；標準

單字源來如此

crit 是「篩選」、「分辨」（distinguish）的意思。criteria 是分辨好壞、挑選事物的「標準」，可用同源字 criticize（批評、評判）來輔助記憶，評判時需要有一套「準則；標準」。

▶ The tech company's selection **criteria** includes a list of the attributes suppliers must have.

科技公司的選擇標準列出了供應商必須具備的屬性。

445 accountability

[əˏkaʊntəˋbɪlətɪ]

n 可責性；當責

單字源來如此

ac- = *ad-* 是「朝……」（to）、*count* 是「計算」、*-ability* 是表示「能夠……」的名詞字尾，accountability 本義是「能夠……計算」，引申為「可責性」、「當責」。

▶ We will increase **accountability** across the organization to deliver better results.

我們將提升整個組織的可責性，以達到更好的結果。

446 **facilitate**

[fə`sɪlə,tet]

v 促進、促使

> **單字源來如此**
>
> *facilit* 是「輕易做到」（easy to do）、*-ate* 是動詞字尾，facilitate 表示「使……輕易做到」，引申為「促進」、「促使」。

▶ The scrum master focuses on **facilitating** the team to deliver every sprint goal.

敏捷專家專注於促進團隊實現每個短期衝刺目標。

447 **lean**

[lin]

adj 精實的（無多餘脂肪的）

> **單字源來如此**
>
> lean 是「精實的」，在商業英語中 lean and hungry 常連用，表示「野心勃勃」、「志在必得」。

▶ **Lean** startup companies aim to achieve product-market fit by means of conserving resources.

精實新創公司目的在透過節約資源達到產品與市場的契合。

MP3

448 evaluation
[ɪˌvæljʊˋeʃən]

n 評估、評價

> **單字源來如此**
>
> e- = ex- 是「在外面」（out）、valu 是「價值」（value）、-ation 是名詞字尾，evaluation 表示「在外面看到價值」，引申為「評估」、「評價」。

▶ Successful **evaluations** of project performance need to overcome psychological and organizational impediments.

成功的專案績效評估需要克服心理和組織的障礙。

449 deploy

[dɪˋplɔɪ]

v 部署；有效運用

> **單字源來如此**
>
> de- = dis- 是「不」（not）、ploy 是「折」（fold），deploy 是「沒有折起來」，即「展開」（unfold），引申為「部署」。

▶ **Deploying** AI systems in China is much easier than in the U.S. because of the availability of data.

由於數據的可得性高，在中國部署人工智慧系統要比在美國容易得多。

450 **parallel**

[`pærə,lɛl]

adj 平行的

單字源來如此

para- 是「旁邊」（beside）、*allel* 是「其他」（other），parallel 是「在其他東西的旁邊」，引申為「平行的」。

▶ The two **parallel** tasks can run simultaneously to speed up the project.

兩個平行任務可以同時運行以加速專案進度。

451 **execute**

[`ɛksɪ,kjut]

v 執行

單字源來如此

ex- 是「離開」（out）、*(s) ecu* 是「跟隨」（follow），execute 即「跟著離開」，引申出「執行」的意思。

▶ A project manager must monitor the progress when team members **execute** the project plan.

專案經理必須在團隊成員執行專案計劃時監控進度。

452 vendor

[ˋvɛndɚ]

n 供應商、廠商

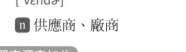

vend 是「賣」（sell）、*-or* 是表示「人」的名詞字尾，vendor 表示「賣東西的人」，引申為「供應商」、「廠商」。

▶ Huawei is a major smartphone **vendor** in China.

華為是中國主要的智慧型手機供應商。

高頻字

中頻字

低頻字

453 suspend

[səˋspɛnd]

v 停止、暫停、中止

單字源來如此

sus- = *sub-* 是「由下而上」（up from under）、*pend* 是「掛」（hang），suspend 表示「由下而上掛著，懸在半空中」，引申為「停止」、「終止」等意思。

▶ Chinese telecom giant ZTE **suspended operations** after the US government added the company to a blacklist.

美國政府將中國電信巨頭中興通訊列入黑名單後，中興通訊停止營運。

454 milestone

[ˋmaɪlˏston]

n 里程碑

單字源來如此

mile 是「英里」、*stone* 是「石頭」，milestone 本指公路上用以標示「英里」所擺放的「石頭」，引申為「里程碑」。

▶ Apple reached the $1 trillion **milestone**, becoming the first trillion-dollar company.

蘋果公司達到了 1 兆美元的里程碑，成為第一家價值 1 兆美元的公司。

455 tolerance

[ˋtɑlərəns]

n 公差、允差【工程】

單字源來如此

toler 是「忍受」、*-ance* 是名詞字尾，tolerance 本指「忍受」，在工程學上，指的是「容許的偏差」，即「公差」、「允差」。

▶ The cost of a part increases as the **tolerance** decreases.

隨著公差的降低，零件的成本會增加。

 MP3

456 inspection

[ɪn`spɛkʃən]

n 檢查、視察

單字源來如此

in- 是「裡面」、*spect* 是「看」、*-ion* 是名詞字尾，inspection 是「往裡面看」，引申為「檢查」、「視察」。

▶ The company is carrying out an **inspection** that verifies whether a product conforms to specified requirements.

該公司正在檢查驗證產品是否符合規定的要求。

457 accuracy

[`ækjərəsɪ]

n 準確、精確

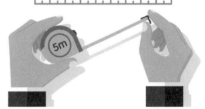

單字源來如此

ac- = *ad-* 是「去」（to）、*cur* 是「留意」（care）、*-acy* 是名詞字尾，accuracy 表示「去留意」，引申為「準確」、「精確」。

▶ Without a standard process to verify the **accuracy** of the data, it's hard to convince the manager to accept the new technology.

如果沒有標準流程來驗證資料的**準確性**，就很難說服經理接受新技術。

458 incremental

[ɪnkrə`mənt!]

5%   10%   15%   20%

adj 漸進的；遞增的

單字源來如此

in- 是「內」、cre 是「成長」（grow）、-ment 是名詞字尾、-al 是形容詞字尾，incremental 表示「內部成長的」，引申為「漸進的」、「遞增的」。

▶ With **incremental funding**, only a small part of the product development is funded at first.

透過漸進式資金，一開始僅有一小部分的產品開發獲得資金。

459 tailor

[`telə]   **v** 訂製；調整【商業】

單字源來如此

tail 的本義是「切」（cut），tailor 是「裁縫師」，裁縫師的工作是替人「量身訂做」衣服，當動詞用時，表示「訂製」、「專門製作」。tailor 和 retail（零售）是同源字，retail 是切開來，小份、小包販售。

▶ The commercial bank generates revenue by **tailoring** discounts **for** retailers to cardholders based on spending patterns.

商業銀行根據持卡人消費模式為零售商訂製折扣來產生營收。

▶ Google works on **tailoring** its search apps **for** China to comply with the country's censorship laws.

Google 致力為中國量身定制搜尋 App，以符合該國審查法律。

MP3

460 shipment

[ˋʃɪpmənt]

n 出貨量【商業】

單字源來如此

ship 是「運輸」、*-ment* 是名詞字尾，shipment 表示「運輸」，引申為「出貨量」。

▶ Samsung said its volume of smartphone **shipments** were flat.

三星稱智慧手機**出貨量**持平。

461 nominate

[ˋnɑmə‚net]

v 提名

單字源來如此

nomin 是「名字」、*-ate* 是動詞字尾，nominate 表示「提名」。

▶ The board **nominates** its CEO to serve as the chairman of the board.

董事會**提名**執行長擔任董事會主席（董事長）。

462 defer

[dɪ`fɝ]

v 使延期、使延遲

de- = *dis-* 是「離開」（away）、*fer* 是「帶」（carry），defer 表示「帶離開」，引申為「使延期」、「使延遲」。

▶ The vendor has agreed to **defer** our payment.

供應商已同意延期付款。

463 severance

[`sɛvərəns]

n 解僱；中斷（關係）

sever 是「分開」（separate）、*-ance* 是名詞字尾，severance 表示「分開」，引申為「解僱」、「中斷（關係）」。

▶ The company will offer **severance pay** to the employee laid off this week.

公司將向本週被解僱的員工提供遣散費。

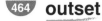

464 outset

[`aʊt,sɛt]

n 開始

STEP 1　STEP 2　STEP 3

單字源來如此

片語動詞 set out 表示「開始」，其名詞形式為 outset。

▶ **At the outset**, a roadmap is required to set up the project.

首先，需要製定路線圖來建立專案。

465 buffer

[`bʌfɚ]

n 緩衝

LOADING...

單字源來如此

buffer 是「緩衝物」、「緩衝」。

▶ A **buffer** allows project managers to be able to deal with unforeseen situations, keeping a project on track.

緩衝使專案經理能夠處理不可預見的情況，維持專案進度。

466 reimburse

[ˌriɪmˈbɝs]

v 補償；償還；報銷

單字源來如此

re- 是「回」（back）、burs 是「錢包」（purse）、in- = im- 是「內」，reimburse 表示「把錢放回錢包」，衍生出「補償」、「償還」、「報銷」等意思。

▶ The company will **reimburse** employees for travel expenses.

該公司將為員工報銷差旅費。

467 contingency

[kənˈtɪndʒənsɪ]

n 緊急情況

單字源來如此

con- 是「一起」（together）、ting 是「碰觸」（touch）、-ency 是名詞字尾，contingency 表示「碰到」，衍生出「意外（碰到）」等意思，引申為「緊急情況」。

▶ Facing the strike in the coming week, the CEO will implement **contingency plans**.

面對未來一週的罷工，執行長將實施緊急應變計劃。

468 counselor

[ˈkaʊnslɚ]

n 顧問

單字源來如此

counsel 是「建議」、*-or* 是「人」，counselor 表示「給建議的人」，引申為「顧問」。

▶ The manager asks **counselors** for advice about the project.

經理向顧問詢問有關專案的建議。

469 whistle-blower

[ˈhwɪsl͵bloɚ]

n 吹哨者；揭發者；舉報人【職場】

單字源來如此

whistle-blower 字面上意思是「吹哨者」，吹哨子的目的往往是警告他人有危險，在職場上的意思轉為「揭露組織內部非法或者不正當行為的人」，檢舉內部非法行為，可讓組織免於危機。

▶ The banking group had paid out a significant sum of money to silence a **whistle-blower** who criticized their handling of online payment frauds.

這個銀行集團已支付大筆資金，讓批評他們處理行動支付欺詐事件方式的舉報人噤聲。

470 dependency

[dɪˋpɛndənsɪ]

n 依賴

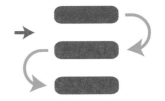

單字源來如此

de- 是「在下面」（down）、*pend* 是「掛」（hang）、*-ency* 是名詞字尾，dependency 表示「在下面掛著」，引申為「依賴」。

▶ It is crucial to understand task **dependencies** when looking for opportunities to accelerate the project schedule.

尋求加快專案進度的機會時，了解任務的依賴關係至關重要。

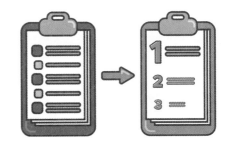

471 prioritize

[praɪˋɔrəˏtaɪz]

v 排出優先順序

單字源來如此

prior 是「比較早」（earlier）、*-ity* 是名詞字尾、*-ize* 是動詞字尾，prioritize 表示「使……比較早」，引申為「排出優先順序」。

▶ **Prioritizing** tasks is an important skill when it comes to project management.

在專案管理方面，確定任務優先順序是一項重要技能。

472 dissolve

[dɪˈzɑlv]

v 解散（組織）；中止（協議）

單字源來如此

dis- 是「分離」（apart）、*solv* 是「鬆開」（loosen），dissolve 表示「鬆開且分離」，引申為「解散（組織）」、「中止（協議）」。

▶ The board of directors has voted to **dissolve** the company.

董事會已投票決定解散公司。

473 validate

[ˈvælə,det]

v 驗證、確認

單字源來如此

valid 是「有效的」、*-ate* 是動詞字尾，validate 表示「使有效」，引申為「驗證」、「確認」。

▶ The project manager **validates** the project before it is published.

專案經理在發布之前驗證該專案。

474 mitigation

[ˌmɪtəˋgeʃən]

n 緩解、減輕

miti 是「柔軟的」（soft），mitigation 表示「使柔軟」，引申為「緩解」、「減輕」。

▶ Understanding inherent risks helps the organization develop its strategy for **risk mitigation**.

了解固有風險有助於組織發展風險緩解的策略。

475 badge

[bædʒ]

n 識別證；徽章

badge 表示辨識身分的「徽章」、「識別證」。

▶ Employees are asked to wear their **badges** when they are on duty.

員工在上班時被要求配戴識別證。

476 circulate

[ˋsɝkjəˏlet]

v 流通；傳遞

▶ The product manager **circulated** the sample for everyone to have a look.

產品經理將樣品傳遞下去給大家看看。

477 escort

[ˋɛskɔrt]

v 陪同；護送

▶ My colleague will **escort** the foreign customer to the airport.

我同事將陪同外國客戶到機場。

478 prohibitive
[prə`hɪbɪtɪv]

adj（價格、費用）高得令人望之卻步

單字源來如此

pro- 是「往前」（forth）、hibit 是「握」（hold）、-ive 是形容詞字尾，prohibitive 表示「往前握住」，使人無法前進，引申為「（價格、費用）高得令人望之卻步」。

▶ The switching cost for adopting a new system is **prohibitive**.
採用新系統的轉換成本高得令人望之卻步。

479 remuneration
[rɪ,mjunə`reʃən]

n 薪資報酬

單字源來如此

re- 是「回去」（back）、muner 是「給」（give）、-ation 是名詞字尾，renumeration 表示「給回去」，引申為「（工作應得的）薪資報酬」。

▶ The **remuneration committee** proposed to cut the CEO's salary.
薪酬委員會提議削減執行長的薪資。

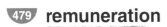

MP3

480 stakeholder

[ˋstekˌholdə]

n 利害關係人

▶ The project manager is trying to balance the needs of key **stakeholders** in the organization.

專案經理正努力平衡組織中關鍵利害關係人的需求。

481 competency

[ˋkɑmpətənsɪ]

n 技能、職能

▶ The company's core **competency** is in battery technology.

該公司的核心技能在於電池技術。

482 downsize

[ˋdaʊnˋsaɪz]

v 裁員、減少人員

單字源來如此

down- 是「往下」（together）、*size* 是「規模」，downsize 表示「規模往下」，引申為「裁員」、「減少人員」。

▶ The company **downsized** its service staff, and considered taking additional people on short-term contracts.

該公司縮減服務人員的規模，並考慮增加短期約聘人員。

483 adaptive

[əˋdæptɪv]

adj 適應的

單字源來如此

ad- 是「朝……」（to）、*apt* 是「合適」（fit）、*-ive* 是形容字尾，adaptive 表示「使朝……合適的」，引申為「適應的」。

▶ Agile projects must be **adaptive** to different conditions due to a high rate of change.

由於高變動率，敏捷專案必須適應不同的狀況。

484 roadmap

[ˋrodˌmæp]

n 發展藍圖

單字源來如此

road 是「路」、*map* 是「地圖」，roadmap 表示「路線地圖」，引申為「發展藍圖」。

▶ The project **roadmap** is a high-level overview of the project's goals, initiatives and deliverables presented on a timeline.

專案發展藍圖是呈現在時間軸上專案目標、倡議與可交付成果的高階概述。

485 rework

[riˋwɝk]

n 重工；修改

單字源來如此

re- 是「再一次」（again）、*work* 是「工作」，rework 表示「再次工作」，引申為「重工」、「修改」。

▶ YouTube is **reworking** its recommendation algorithm to cut down on conspiracy video views.

YouTube 正在重新調整推薦演算法，降低陰謀論影片的觀看次數。

486 reconvene

[ˌrikən`vin]

v 重新召開（會議）

單字源來如此

re- 是「再一次」（again）、*con-* 是「一起」（together）、*ven* 是「來」（come），reconvene 表示「再次一起來」，引申為「重新召開（會議）」。

▶ The meeting will **reconvene** tomorrow.

會議將於明天重新召開。

487 chain store

n 連鎖店

單字源來如此

chain 是「鎖鏈」、store 是「店」，chain store 表示「連鎖店」。

▶ There are no **chain stores** like McDonald's or Subway in this old town.

這個舊城區沒有像麥當勞或 Subway 這樣的連鎖店。

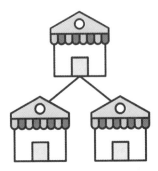

MP3

488 retrieval
[rɪ`trivl̩]

n 檢索；擷取【IT】

單字源來如此

re- 是「再一次」（again）、*triev* 是「找到」（find）、*-al* 是名詞字尾，retrieval 表示「再次找到」，引申為「檢索」、「擷取」。

▶ Once the **data retrieval** is complete, your data will be available to download.

資料檢索完成後，您的資料將可下載。

489 remnant
[`rɛmnənt]

n 殘餘、剩餘（部分）

單字源來如此

remnant 是 remain（留下）的名詞形式，表示「殘餘」、「剩餘（部分）」。

▶ SBC acquired the weakened **remnant** of its former parent AT&T, and took its name.

SBC 通訊收購前母公司 AT&T 衰弱的剩餘部份，並採用 AT&T 品牌名稱。

490 elapsed

[ɪˋlæpst]

adj 流逝的、過去的

單字源來如此

e- = ex- 是「出去」（out）、*lapse* 是「滑行」（glide）、*-ed* 是過去分詞字尾，elapsed 表示「滑行出去的」，引申為「流逝的」、「過去的」。

▶ The monitor will show the **elapsed time** of each project.

監視器將顯示每個專案的經過時間。

491 offshoring

[ˋɔfˋʃorɪŋ]

n 產業外移

單字源來如此

off 是「遠離」、*shore* 是「海岸」、*-ing* 是動名詞字尾，offshoring 表示「遠離海岸」，引申為「產業外移」。

▶ The rising cost of production has accelerated the **offshoring** of the computer chip manufacturer.

生產成本的上升加速了電腦晶片製造商的產業外移。

492　specification

[ˌspɛsəfəˋkeʃən]

n 規格

> 單字源來如此

specific 是「明確的」（clear and exact）、*-ation* 是名詞字尾，specification 表示「明確」，引申為「規格」。

▶ A project **specification** describes the software functionality and purpose, letting the developers know what they need to do.

專案規格書描述軟體的功能和目的，讓開發人員知道他們需要做什麼。

493　closeout

[ˋkloz͵aʊt]

n 結案【專案管理】

> 單字源來如此

closeout 表示「把案子清掉」，即「結案」。

▶ In the **closeout** phase, the project manager must assure that all aspects of the project are properly concluded.

在結案階段，專案經理必須確保專案所有方面都得到適當的結論。

greener pastures

phr. n 更好的新地方、另謀高就

單字源來如此

greener pastures 的意思是「更綠的牧場」，引申為「更好的新地方」、「另謀高就」。

▶ One of the biggest impacts of downsizing is that the good employees may quickly leave the company for **greener pastures**.

裁員的最大影響之一是，優秀員工可能會迅速離開公司，另謀高就。

hand the reins to sb.

phr. v 將控制權交給某對象

單字源來如此

rein「是控制馬匹的韁繩」，hand the reins to sb. 表示「將韁繩交給某人」，引申為「將控制權交給某對象」。

▶ Jack Ma announced that he would step down as chairman and **hand the reins to** CEO Daniel Zhang.

馬雲宣布將卸任董事長職務，並將控制權交給執行長張勇。

MP3

496 decompose

[ˌdikəm`poz]

v 分解

高頻字

中頻字

低頻字

單字源來如此

de- 是「相反」（opposite of）、*com-* 是「一起」（together）、*-pos* 是「放」（put），decompose 表示「放在一起的相反動作」，引申為「分解」。

▶ It's wise to **decompose** your complex projects into small chunks that are manageable and executable.

將複雜的專案分解為可管理且可執行的小部份是明智的。

497 schema

[`skimə]

n 綱要、圖解

單字源來如此

schema 表示「圖解」、「綱要」，是 scheme（方案、計劃）的同源字。

▶ It's hard to build a **schema** that every stakeholder agrees upon.

很難建立一個每個利害關係人都同意的綱要。

498 conformance

[kənˈfɔrməns]

n 一致性

單字源來如此

con- 是「共同」（together）、*form* 是「形狀」、*-ance* 是名詞字尾，conformance 表示「使具有共同的形狀」，引申為「一致性」。

▶ **Conformance** ensures the project and deliverables conform to the quality requirements.

一致性能確保專案和可交付成果符合質量要求。

499 iterate

[ˈɪtəˌret]

v 迭代；反覆；重複

單字源來如此

iter 是「重複」（repeat），iterate 是由 iteration 逆向構詞所產生的，先有名詞才有動詞。iterate 是數學、電腦領域經常使用到的詞彙。

▶ Instead of trying to change everything at once, the key to agile development is to start in chunks and **iterate** quickly along the way.

敏捷式開發的關鍵是從一部分開始並沿途快速迭代，而不是試圖一次性改變一切。

MP3

500 amber light

n 黃燈，比喻有條件的許可（通行）

單字源來如此

在企業經濟學中採用交通號誌 red, amber, green 的概念來表示工作狀態，amber 是「（交通信號）黃燈」，amber light 是表示「比喻有條件的許可（通行）」。

▶ The U.K. government gave an **amber light** to Huawei's involvement in the 5G networks.

英國政府有條件地放行華為參與 5G 網路。

索引

關鍵單字 500

國家圖書館出版品預行編目（CIP）資料

看懂英文《華爾街日報》超簡單／黃偉倫、楊
智民著；許皓審訂. -- 初版. -- 臺中市：晨星，
2020.07
面； 公分. --（語言學習；07）
ISBN 978-986-5529-00-0（平裝）

1.英語 2.詞彙

805.1892   109004949

語言學習 07

看懂英文《華爾街日報》超簡單
掌握500個關鍵單字，隨時與商業世界接軌

作者	黃偉倫、楊智民
審訂	許皓 Wesley
編輯	余順琪
封面設計	耶麗米工作室
美術編輯	林姿秀

創辦人	陳銘民
發行所	晨星出版有限公司 407台中市西屯區工業30路1號1樓 TEL：04-23595820　FAX：04-23550581 行政院新聞局局版台業字第2500號
法律顧問	陳思成律師
初版	西元2020年07月01日
初版三刷	西元2022年01月01日

線上讀者回函

讀者服務專線	TEL：02-23672044 / 04-23595819#230 FAX：02-23635741 / 04-23595493 E-mail：service@morningstar.com.tw
網路書店	http：//www.morningstar.com.tw
郵政劃撥	15060393（知己圖書股份有限公司）
印刷	上好印刷股份有限公司

定價 360 元
（如書籍有缺頁或破損，請寄回更換）
ISBN：978-986-5529-00-0

| 最新、最快、最實用的第一手資訊都在這裡 |